文春文庫

三国志名臣列伝 魏篇

宮城谷昌光

文藝春秋

三国志名臣列伝　魏篇◆目次

程昱
ていいく

張遼
ちょうりょう

鍾繇
しょうよう

賈逵
かき

157　　　107　　　49　　　11

曹真 そうしん

蒋済 しょうせい

鄧艾 とうがい

解説　湯川豊

336　　　287　　　245　　　193

三国時代地図

○敦煌郡

○酒泉郡

涼州

○武威郡

○金城郡

雍州 ○安定郡

隴西郡○ ○ 京兆

天水郡 扶風郡○ ●長

武都郡○

陰平郡○ 漢中郡○ 魏興

梓潼郡 ○巴西郡 巴

汶山郡○ ○

蜀郡●成都 益州

○ 巴郡

漢嘉郡

北
↓

江水

牂柯郡

地図製作　理想社

三国志名臣列伝　魏篇

程昱
<ruby>程<rt>てい</rt></ruby><ruby>昱<rt>いく</rt></ruby>

県庁の近くから濛々（もうもう）たる煙が立ち昇った。

やがてその煙は垂天（すいてん）の雲のように県内を冥（くら）くした。

「県丞（けんじょう）の叛乱だ」

と、わめく声が、巷陌（こうはく）に飛び交っている。

県丞は副県令（けんれい）といいかえてもよい。

この年の二月、黄巾（こうきん）の乱が勃発した。黄巾は太平道（たいへいどう）という新興宗教の団体が基（もと）になっていて、かれらが王朝の秕政（ひせい）を嫌厭（けんえん）して、あらたな政府をつくるべく革命を標榜（ぼう）し、武装化した時点で、黄巾とよばれた。その組織は巨大であり、天下の各地に黄巾の兵を率いる帥（すい）がいて、その数は三十六もある。かれらがいっせいに起つと、どの州郡も蜂（はち）の巣をつついたような騒ぎとなった。

程立のいる兗州（えんしゅう）の東郡も黄巾の脅威にさらされ、かれの出身県である東阿（とうあ）県も人心が烈しく動揺した。

そのさなかに県丞の叛乱である。

県丞の氏名は王度という。かれは太平道に入信したわけではなく、県外の黄巾の兵に呼応するかたちで、日ごろの鬱憤を爆発させたにすぎない。中央では宦官による腐敗政治がはびこり、それをにがにがしくおもっている地方の高級官吏が、黄巾の兵に加担して、個人の正義を発揮しようとしたのは、この東阿県だけではない。

王度はてはじめに県庁の倉庫に火をかけた。ついで、配下とともに県令を殺害しようとした。

県令は城壁を乗り越えて逃げた。

直後に、県民の逃散がはじまった。

県民の多数は東門からでて、まっすぐ渠丘山をめざした。山中は避難場所として最適であり、危険を避けたい県民は本能的にそこを選んだ。

程立は流言飛語にまどわされる質ではないが、上空の煙をながめ、県内の騒擾を感じると、

――ひとまず逃げるか。

と、妻子をうながし、早々に隣人たちと東へ奔った。老人あるいは幼児を背負って趨る者はすくなくなかった。家財などを家に残してきた者がほとんどである。

渠丘山に逃げ込んだ程立は、落ち着いてから、

——さて、これからどうするか。

と、考えた。県丞の兵の追撃がなかったこと、また県庁から噴出した煙がぞんがい早く消えてしまったことなどをいぶかった。そこで、

「おい、城内のようすを観に行ってくれ」

と、二、三の若者に声をかけた。程立は平民ではあるが、信望があり、かれの指図に従う者が数人はいる。

程立に指名された三人は山をおりて、夜間に城に近づき、夜明けを待った。

「あれっ——」

あたりが明るくなったとき、三人が奇声を発したのも、むりはない。城壁の上に兵の影がまったくなかったばかりか、城門がひらいているではないか。おそるおそる城内にはいった三人は、さらにおどろいた。

「たれも、いない」

ぶきみなほど無人の城であった。

この不可解な事態にとまどったものの、三人は長い話し合いをせず、

「早く、程立さんに報せよう」

と、決めて、ひとりが城をでて東へ走った。ほかのふたりは県庁の内外を丹念に観てから、西門をでて、ゆっくりすすんだ。五里（およそ二キロメートル）ほどゆ

くと、

「いた――」

と、ひとりが叫んで、西をゆびさした。

旗がみえた。どうやらそこに営塁を築いてとどまっているようである。

「なぜ、城を空にして、あんなところにいるのだろうか」

「たぶん、県令を追撃したのだ。が、見失ってあたりを捜索しているのではない
か」

「すると、県令は死んでいない」

「おそらく――」

ふたりは引き返した。

第一報をきいた程立は、左右にいる者の肩をたたき、

「山中のどこかに薛房さんがいるはずだ。みつけだしてくれ」

と、いった。薛房は県内の豪族で、多数を頤で動かせるのはかれしかいない。や
がて王度の駐屯地をつきとめたふたりが帰ってきた。報告をきいた程立は、

「早く薛房さんをみつけないと、好機を逸してしまう」

と、いって起ち、みずから探索した。

翌朝、山中がまだ暗いうちに、薛房のまえに坐った程立は、説得にとりかかって

いた。説述の趣旨はこうである。

「叛乱を起こした王度は、せっかく城郭を得ながら、外へでてしまいました。城郭の四隅に配備するだけの兵がいないからです。かれが城内から得た物は、財物だけで、穀物には手をつけませんでした。いますぐわれらが城へもどれば、いかなる攻撃にさらされても、堅守できるのです」

程立は東阿県のなかでは有名人のひとりで、薛房はその見識の高さをうわさできいていたので、初対面ながら、この会見を軽んずることをしなかった。

「ふむ……」

薛房は胸のまえで両腕を組んだ。

「われも城には帰りたい。城が空であるならなおさらだ。だが、われが動かせる人数は、千人もいない。数百の兵では城を堅守できない」

王度の兵が黄巾の兵と連合すれば、東阿の城は大波に呑み込まれるように、ひとたまりもあるまい。

そのように想像するのは、薛房だけではあるまいが、程立はちがった。いま東阿の城を衛りぬかなければ、数日後には、黄巾と叛乱軍の城となり、大半の県民は家財を失い、故郷を失って、他の郡県をさまよわなければならなくなる。県民はいつくるかわからない官軍にたよるのではなく、外敵と戦って自衛するという意識を強

くもってもらわねばならない。そこで程立は、

「吏人と県民に、武器を執らせ、戦ってもらいます」

と、いった。

「それは、むりだ。みなは、逃げることを知っていても、戦うことを知らぬ。しかも吏民を統率する県令がいない。たれも動くまいよ」

「はは、配下の数人をお借りできれば、かれらを動かせますよ」

程立はもったいぶらずに胸中にある策をうちあけた。

「そんなことで——」

薛房は声を立てずに笑った。

このあと、程立は若者とともに山中をまわり、

「いま城は空だ。帰るのは、いましかない」

と、人々に声をかけた。しかしながらかれらは耳を貸さず、

「賊は西にいる。われらにはただ東があるだけだ」

と、いって、とりあわなかった。

わかっていたこととはいえ、その冷淡さに小腹を立てた程立は、やめだ、やめだ、と若者を引き揚げさせ、あえて大声で、

「愚民とは計ることはできない」

と、皮肉をまじえてうそぶき、薛房のもとにもどると、あとはよろしくという意
いで目礼して、山をおりはじめた。

それを看た県民は、

「数十人で城を守れようか。死ににゆくようなものだ」
と、あからさまに嘲笑した。いかなる悪口を浴びせられても平気な程立は、おの
れの身はおのれで守るものだ、とつぶやき、歩を速めた。

「そろそろか……」

おもむろに起った薛房は、東の山頂をながめた。配下の数騎がひそかに山上に到
れば、幡を樹てることになっている。ほどなく幡をみつけた薛房は、

「よし、騒げ」

と、左右に命じた。薛房の近くにいた数人が手を挙げてわめくと、それに応じた
数百人の配下が、

「東をみよ、賊はもうそこまできているぞ」
と、叫びつづけた。薛房はさもあわてたように山をおりはじめた。直後に、山中
に悲鳴が飛び交い、人々はなだれをうって薛房を追った。

先行する程立に幸運があった。

東阿県を脱出した県令が、県民と合流するために東行してきた。それをみつけた

のである。

　事情を知った県令が程立の胆力と知力をたのもしく感じて、ともに城にもどった
ことで、後続の県民も安心した。しかしこれで安全を確保したわけではない。城に
帰着したかれらは、県令の訓辞をきき、みずから城を守りぬかなければ生きのびる
すべがないことをさとり、戦う気構えをみせた。

「城門が閉じて、旗が樹ったというのか」

　報告をうけた王度は、さほどおどろかなかった。県内に正規兵がいるはずがない。
東阿県を援けるとすれば、郡兵だが、その兵がいるのは郡府であり、東郡の郡府は
濮陽なので、その位置ははるか西南である。郡兵が北上してくれば、すぐにわかる。

　――東阿は援兵などなく、県民が城にもどっただけだ。

　武器をあつかえぬ県民になにができようか、と、嗤った王度は、すぐさま営塁を
でて東進し、東阿の城の攻撃にとりかかった。

　――三日も攻めれば落ちる。

　そのつもりであったが、王度の兵は頑強な抵抗に遭って、十日が過ぎても、城壁
を越えられなかった。城内の官民を指麾していたのは程立である。

「敵には、兵糧がない。十日耐えれば、かならず攻撃は熄む」

　王度が城内の穀物を奪わなかったことに目をつけた程立は、それを敵の最大の弱

点であると官民に知らしめて、防衛のくずれをふせいだ。

はたして王度の兵は引き揚げはじめた。

苛烈な攻撃に耐えて戦いぬいた官民はこぞって歓声を揚げ、武器を偃せた。が、

城壁に立って敵兵の撤退を瞰ていた程立は、

「まだ戦いは終わっておらぬ。武器を執ってわれにつづけ」

と、号令をくだし、城門をひらいて、撃ってでた。程立が戦場での呼吸、進退を

こころえていたのは、実戦の場を踏んだことがあるからではあるまい。兵法書の数

巻を読んだにせよ、それを生死の場で迷わず活かせるはずがない。兵法とは別の面

をみると、人間学である。人を知ることとは、相手を知り、おのれを知ることにほ

かならない。

――王度は予見力が脆弱で、注意が散漫である。

そういう王度が撤兵の際に、背後の動静をたしかめるはずがない、と程立は推量

した。戦いは敵の虚を衝けば、かならず勝てる。

程立は官民を率いて急追した。まさしく敵の虚を衝く追撃となった。

王度の兵はふりむいて戦うまもなく、大潰走した。それをみた官民は喜躍し、東

阿の城を守りぬいた程立を、

「智謀の人」

と、たたえた。

程立が官民とともに東阿の城を堅守したとき、かれは四十歳を過ぎていた。智者であることは郷里の人々から認められていたにちがいないが、名門の生まれではなく、また学者になるために学問をしたわけではないので、その異才ぶりはめだたず、太守に招かれて官途に就いたことがなかった。

程立の年齢が四十代の後半になってから、世は擾れに乱れた。

東阿県が東郡に属していることは前述したが、東郡が兗州に属していることも、のちの程立の命運にかかわりをもつ。

ある日、長男の程武が奥まで趨り込んできて、

「刺史の使者がいらっしゃいました」

と、程立に告げた。刺史は州の監察官にすぎなかったが、いまや郡の太守を監督する力をそなえ、軍事力を保持するようになっている。兗州刺史は劉岱である。

程武は緊張している。が、程立は目をそらしながら、

「用件を訊いたか」

と、あえて冷淡にいった。

「刺史が父上を辟召なさるそうです」

ようやく程立に官途がひらかれようとしている。肩身の狭いおもいで生きてきた程武にとって、これほどの朗報はない。だが程立はこの太守の辟きに無関心なようで、

「ただいま父は病にて刺史のご厚意にお応えできません、といって、使者には帰ってもらえ」

と、いい、長男を落胆させた。

使者が帰ったあと、郷里の者が集まって程立の家に祝辞をいいにきた。てっきり程立が州府に出仕するものとおもって、みなで喜び合うつもりであった。が、程武の話をきいたかれらは、

「劉刺史のなにが不満か。あんなに良い刺史は、ほかの州にはおらぬぞ」

と、奥にいる程立をなじるように大声を放った。

たしかに劉岱は善良な官吏であろう。孝子でもあり、弟の劉繇をいたわり、他人へのおもいやりも深い。儒教でいうところの君子は、劉岱を指すといってもよい。

それを知っている程武は、郷里の人々が引き揚げたあと、父のまえに坐って、

「劉刺史を敬仰しない州民はいません。父上にとって最良の上司になるとおもわれますのに、なにゆえ辞退なさったのですか」

と、口調を強めて問うた。

「船の型がちがうし、操舟の術もちがうからだ」

程立はわかりにくいことをいった。

「船の型と操舟とは、なんのことですか」

程武は眉をひそめた。

「州は、郡という船を率いる大船であり、旗艦といってもよい。霊帝が崩御なさるまでは、これらの船は川を往来できる造りでよかった。ところが少帝がお立ちになり、輔弼である大将軍の何進が宦官に暗殺されてしまうと、王朝を支える柱がなくなった。さらに西方の梟雄である董卓が少帝を殺し、朝廷を牛耳るようになっては、董卓に抗する東方の州郡はなかば独立国となった。この兗州も、おだやかな川ではなく、嵐の外洋になげだされてしまった。武よ、われがなにをいおうとしているのか、わかるな」

程立は諄々と説いた。世間では、程立は強情な男よ、といわれているが、父として子にむける顔は厳しいものではない。要するに、程立は儒教に凝り固まった思想の持ち主ではなく、子を型にはめることを嫌い、自由な発想を尊んだ。

「わかります。劉刺史の指麾下にある兗州は、荒れ狂う波濤を乗り越えてゆける体制にないということですね」

程武はものわかりがよい。

「劉刺史は名門の生まれだ。当然、秩序を重んずる。高級官吏と親しい側近の意見を用いるものの、軽輩や新参者がどれほど有益な策を献じても、採用することはあるまい。つまり、劉岱が刺史であるかぎり、この兗州は淪没してゆくだけだ」

「よくわかりました。わたしが浅慮でした。父上は劉邦の出現をお待ちなのですね」

と、程武はいった。

二年後の冬に、また劉岱の使者がきた。

使者は別駕の王彧である。別駕とは、別の馬車のことで、刺史とはちがう馬車に乗る高貴な人をいい、いわば副刺史である。

別駕じきじきの来訪とあっては、遁辞をかまえるわけにいかない程立は、王彧を迎えいれて、

「いかなる趣で、弊宅にお越しくださったのでしょうか」

と、低頭した。着座した王彧は、すぐに、

「目下、刺史はたいそう困惑なさっている。そのほうには大事を定める策謀があるとみて、われが推挙した。われとともに刺史のもとへ往き、解決策を献じてくれるように」

程立に否とはいわせぬいいかたで、劉岱を悩ませている事情を説明した。きき終

わった程立は、

——そんなことの判断もつかぬのか。

と、内心あきれた。劉岱に予見力がなく、近臣と重臣に時勢眼がないことはあき

らかである。

「承知しました」

よけいなことをいわずに、程立がすみやかに起ったので、王或はほっとした。王

或にとっても、事態はむずかしい。こういうことである。

兗州を防衛するための軍事に自信のない劉岱は、ふたりの実力者に支援をあおい

だ。ひとりは北方の雄というべき公孫瓚で、いまひとりは東方の諸侯連合の盟主で

ある袁紹である。ふたりは快諾してくれた。公孫瓚は従事の范方に騎兵を属けて兗

州の州府近くに駐屯させた。袁紹は妻子を劉岱にあずけた。公孫瓚と袁紹とが睦親

していれば、なんの問題も生じなかったのであるが、急激に両者の関係は悪化し、

干戈を交えるようになった。劉岱をひきつけておきたい公孫瓚は、

「袁紹の妻子をよこせ。よこさなければ、范方の騎兵を引き揚げさせ、袁紹を斃し

たあと、なんじを攻め滅ぼしてやる」

と、恫した。懊悩した劉岱は決心がつかず、属吏を集めて議論させたが、それで

も逡巡した。
　劉岱を決断させるほどの卓見がなかったということである。

　　――劉岱の近くには、人がいないな。

　そうおもいながら府庁にのぼった程立は、その難問をすらすら解いてしまった。
もっとも程立にとってそれは難問ではなく、自明の理といってよい。
　すなわち程立は劉岱にむかってこう説いた。
「袁紹は近く、公孫瓚は遠いのです。あなたさまが袁紹を棄てて公孫瓚を恃むとす
れば、はるかかなたの越から人を借りて、目のまえの溺れる子を救おうとするよう
なものです。そもそも公孫瓚が袁紹にかなうはずがない。局部で公孫瓚が勝ったよ
うですが、最後には、袁紹に捕殺されるでしょう。目先の優劣にとらわれて、将来
の大計をお考えにならないと、あなたさまは失敗なさいますぞ」
　この進言には重みがあった。

　　――この者のいう通りだ。

　ここでの劉岱には迷いがなかった。すぐに劉岱は范方を帰還させて公孫瓚とは絶
縁した。怒った范方は公孫瓚に訴えるべく帰途をいそいだが、かれが公孫瓚のもと
に帰着するまえに、界橋において大戦がおこなわれ、公孫瓚は大敗し、以後、衰弱
してゆく。
「なるほど、程立には智謀がある」

大いに感心した劉岱は、程立を州府にとどめて、騎都尉に任命しようとした。が、程立は、ここでも、

「病にて——」

と、いい、さっさと辞去した。

歴史に、もしも、をさしこんだら、その変転はきりがなくなる。

だが、もしも袁紹が鮑信の進言を容れて、洛陽に乗り込んできたばかりの董卓を斃していたら、後漢王朝のあとに三国時代があったかどうか、と想像したくなる。

泰山郡出身の鮑信は、大将軍の何進にみこまれて騎都尉になった。その後、何進は宦官を抑圧するために各地の兵を洛陽に集合させようとした。鮑信も何進に命じられて郷里にもどり、千余の兵を集めると、かれらを率いて上洛した。だが、すでに何進は宦官に暗殺され、何進の遺志を継いだ袁紹が宦官を殄滅したものの、西方から急行してきた董卓とその兵によって王城は占拠された。しかしながら鮑信は西方の兵に疲れがあるとみて、袁紹に近づき、

「いまなら董卓を捕らえることができます。いまをのがせば、この王朝は董卓のおもいのままにされてしまいます」

と、決断をせまり、実行をうながした。

ここでの決断が、今後の王朝と自身の命運を定めるほど重大なものであったが、袁紹は躊躇した。

袁紹は速断できない人である。

好機を目前にして躊躇することが、袁紹の生涯の特徴となった。

それをみた鮑信は、

――この人は天下を経営することができない。

と、失望し、すみやかに郷里に帰り、さらに兵を集めて、天下擾乱にそなえた。

やがて鮑信の慧眼がみつけたのが、東郡太守になる曹操である。軍事において曹操と歩調をあわせた鮑信は、兗州に百万の黄巾の兵がなだれこんできたとき、

「守りを堅くしていれば、賊は去ります。むやみに戦ってはなりません」

と、刺史の劉岱を諫めた。だが劉岱はこの諫言をしりぞけて出撃し、黄巾の兵に呑み込まれるように陣歿した。

「兗州に主導者がいないのでは、こまる」

鮑信は州吏の万潜らとともに東郡の曹操のもとへゆき、刺史をひきうけさせて、黄巾を撃退した。ちなみに鮑信はその戦いで亡くなった。惜しまれる死である。曹操は死力を尽くして兗州を防衛したといってよい。

州の民が平穏を感じるようになったとき、程立の家に曹操の使者がきた。

「曹刺史が父上をお辟きです。いかがなさいますか」

と、程武が父の意向をうかがった。

「会おう」

程立はいささかの逡巡もなく曹操の辟召に応えた。

「曹刺史が第二の劉邦なのですか」

と、問うた。

「いや、それはどうかな。曹刺史は劉邦のように農民の生まれではなく、いちおう名家の出自だ。といっても、祖父は宦官であり、父は銭で官位を買った不徳の人だ。先祖の徳によって護られているわけではない。とすれば、曹刺史はこれから自身で徳を積んでゆかなければならない。徳の基本は、人を悦ばせることだ。曹刺史にはそれができる、とみた」

程立にそうおしえた程立は出仕のために家をでた。とたんに郷里の人に皮肉を投げつけられた。

「前と後では、大ちがい」

劉岱と曹操とは、なにがちがうのか。そう問われたともいえる。程立はそのことばを笑ってききながらして郷里をあとにした。

曹操は辟召した人物を自分の目でたしかめるために、余人をまじえず、対話する

ことにしている。程立の場合もそうで、問答をかさねるうちに、

――この者には、後漢の王朝に愛着がない。

と、わかった。むろん、むやみに新しい天下王朝を夢想しているわけではない。

その高い見識によっておのずと観える未来があるらしい。

――たいした男だな。

おもわぬ拾い物をしたおもいの曹操は、すぐに程立に寿張県を守らせた。寿張県

は程立の出身地である東阿県の東南に位置する。

その後、兗州はしばらく静寧がつづいた。

が、この時代の英雄のひとりである袁術にこの州は狙われた。

宮城にあって宦官を掃蕩するために最初に挙兵したのが袁術であり、その苛烈な

作業を終了した直後に、宮中に踏み込んできた董卓に嫌悪感をいだき、洛陽を去る

のも早かった。南下した袁術は荊州の北部にとどまり、北進してきた孫堅という勇

将をつかって、董卓の兵を撃破して、威勢を張った。が、荊州の中部と南部は劉

表の支配圏であり、その支配圏を侵すべく遠征させた孫堅が敗死したことによって、

急速に劣勢となり、ついに荊州奪取をあきらめた。つぎに狙ったのが兗州というわ

けである。

袁術は陳留郡に軍をいれ、封丘にとどまった。

すでに黄巾の降兵三十万をうけいれ、そのなかから強兵を選んで精鋭部隊をつくっていた曹操は、兵力の増強をはたしていたため、袁術軍をいささかも恐れず、封丘に兵をすすめて包囲しようとした。この兵気の鋭さにおびえた袁術は封丘を棄てて南へ奔り、襄邑にはいった。が、急襲されたため、またしても逃げ、ついにはるばると揚州の九江郡まで行った。

兗州にとって、一難は去った。

だが、半年も経たないうちに、また一難がきた。曹操の個人的不幸である。戦禍を避けて泰山郡に滞在していた父の曹嵩と弟の曹徳が徐州の兵に殺された。

儒教には、

「不倶戴天」

という思想がある。父の仇とはおなじ天の下にいてはならない。かならず父の仇を討たねばならない。父母がこの世でもっとも尊い人であるという通念は、おそらく儒教が生まれるまえからあったであろう。

嚇怒した曹操は全力で徐州を討つことにした。その際、謀臣のひとりである荀彧を、本拠である鄄城に残して留守させたが、再考した曹操は、

「寿張県に使いを——」

と、側近にいい、程立を呼び寄せた。虫が知らせたのかもしれない。うわさにま

どわされない信念をもって事にあたることができるのは、荀彧と程立だ、と曹操は

ふたりの本質を洞察していた。

秋にはじめられた徐州遠征は、翌年に再度おこなわれたので、一次と二次がある

と想えばよい。

が、この遠征のあいだに、曹操不在の兗州をそっくり奪うという陰謀が進行して

いた。謀主は陳宮である。かれは劉岱の戦死後に、兗州に曹操を迎え入れるために

奔走した。そういう勲功をもち、曹操に厚遇された陳宮がなぜ叛いたのかは謎では

あるが、兵を与えられて東郡に駐屯していることを好機とみなし、陳留太守の張邈

を説き、張邈とつながりのある呂布を迎えて、兗州を奪取しようとした。

呂布は献帝のために董卓を殺害し、その後も董卓配下の諸将と戦ったが敗れて帝

都を脱出し、驥足をのばす地を捜していた。陳宮と張邈の策謀は、かれにとって渡

りに船であったろう。

張邈は鄄城をだまし取るべく使者を遣った。が、この姦を看破したのは荀彧であ

る。荀彧は兗州全体が曹操に叛くであろう事態を予測して、早馬を走らせ、東郡太

守の夏侯惇を招いて、鄄城の守備を厚くした。

その後、兗州の状況は悪化の一途をたどった。州内の郡守と県令は、陳宮と張邈

に奉戴された呂布の威名におびえ、その叛乱軍に慴服した。気がつけば、なんと鄄城のほかに范県と東阿城しか降伏をこばんでおらず、その二城が呂布に降れば、徐州から帰還する曹操の命運は風前の灯になってしまう。

憂慮した荀彧は程立を招いて、

「あなたには人望がある。東阿へ帰って説いてくれまいか」

と、たのんだ。東阿の官民がやすやすと呂布に降伏しなかったのは、過去に、県民がこぞって戦い、城を守りぬいたという経験と誇りがあったからであろう。それは程立の指導があったからだということを荀彧は知っている。

「承知した」

程立は東阿の南に位置する范へ急行し、県令の靳允（または勒允）に会った。靳允がつらい立場にあることは、程立にはわかっていた。

「きたところでは、君の母と弟と妻子は呂布に捕らえられてしまった。孝子である君は気が気ではないだろう。いま天下は大いに乱れ、英雄が並び起っている。そのなかに命世すなわち天下にひいでる者がいて、天下の乱を鎮めてしまう。智者であれば、それがたれであるか、わかるはずだ。主を得た者は昌え、主を失った者は亡ぶ。陳宮は主に叛いて呂布を迎え、それによって百城がみな応えた。陳宮の計画はうまくいったようにみえる。しかしながら、君はそれをどう観ているか。呂布と

はいかなる人であるか。そもそも呂布はこまやかな神経をもたない驍才であり、親しむ者はすくない。剛戻で無礼でもある。匹夫の勇にすぎない。その兵は衆くても、けっきょく成功はしない。それにひきかえ曹刺史の知略は不世出であり、ほとんど天授の才器といってよい。君が范を固守し、われが東阿を守れば、田単の功を立てることができる。それとも忠に違い悪に従って母子ともに亡ぶのがよいのか。よく考えてもらいたい」

このときにかぎらず、程立が相手を説得するときに用いることばには、適度な重みと浸潤性があり、相手の胸の深いところにとどく。そのことばは、程立という人格から発し、信念の勁さをともなっている、ともいえる。

きき終えた靳允は落涙して、

「二心など、ありましょうや——」

と、あえて強く答えた。じつはこの決断はきわどかった。靳允の家族を人質にとっている陳宮は、城のうけとりのために氾嶷を先行させていて、すでに氾嶷は城下に到着していた。

程立に耳うちをされた靳允はうなずき、すみやかに会見場を設けた。この時代にかぎらず、母を人質にとられて降伏しない者はほとんどいない。儒教は主への忠義を最優先にする教義ではなく、人にとって父母こそ至尊の存在であるとしている。

それゆえ孝子である靳允が母を棄てて曹操に忠を尽くすことなどありえないとおもっている氾嶷は、さほど用心することなく、会見の席に就いた。が、そこがかれにとって死所となった。兵を伏せていた靳允はこの陳宮の使者を刺殺すると、すばやく城にもどって守りを固めた。

それ以前に、騎兵隊を急行させた程立は、陳宮の軍が渡渉してくる地点である倉亭津を遮断した。この妨害によって陳宮の軍は川を渡ることができなくなった。

——これで、よし。

程立は東阿の城へ行った。

県令の棗祇はしっかりした男で、官民を統率し、堅い防禦をおこなっていた。

——かれにはなにもいうことはない。

東阿の城が落ちることはないとみた程立は、鄄城にもどって、曹操の帰着を待った。

晩秋にさしかかるころに帰還した曹操は、まず荀彧をねぎらい、つぎに程立の手をとって、

「そなたの力がなければ、われには帰るところがなかった」

と、謝意を籠めていった。

　程立は若いころにしばしば同じ夢をみた。

　泰山の上で両手で日を捧げる夢である。この夢を荀彧に語げたのは、該博な知識をもつ荀彧に夢占をしてもらいたかったのである。

　だが、さすがの荀彧も、その夢の吉凶まではわからなかったが、兗州の三城を保佑した程立の活躍をみて、あの夢は吉夢にちがいないと考え、曹操にむかって、

「程立の夢は、あなたさまにとっても吉ではありますまいか」

と、その内容を語った。泰山は天子が天を祭る山で、いわば封禅のためになくてはならぬ山である。その山の上で両手で捧げられた日とは、天下人にちがいなく、つまり曹操を指すのではないか。

　うなずいた曹操は程立を呼び、

「卿は最後までわれの腹心になってくれるであろう」

と、いい、改名を勧めた。立の上に日を加えて、

「昱」

にせよ、ということである。

「仰せのように」

　このときから程立は程昱になった。かれは留守の功が認められて、東平国の相に

昇進した。王国の相は郡の太守にひとしい。ちなみに程昱がまえに治めていた寿張県は東平国のなかにある。

程昱は時勢のゆきつく先がわかる男で、曹操にいくつか適確な進言をおこなったが、呂布との戦いで兗州が疲弊したときも、袁紹の助力を請うために家族を人質に送ろうとした曹操を諫めた。

「いま袁紹は燕と趙の地をあわせ持ち、天下を併呑する勢いを示してはいますが、その知力では成功しないでしょう。それにあなたさまが袁紹の下風に立つことなどできるのでしょうか。どうかよくお考えください」

いまが我慢のしどころであり、いちど袁紹に頭を垂れ、膝を屈してしまうと、それが命運の翳りとなり、のちのちまで払拭しがたくなる。自立を尊ぶ程昱の信念とはそれであり、苦境を自力で脱する者だけが偉業を成すということを、曹操に自覚してもらいたかった。

「そうだな……」

再考した曹操は安易な道を選ぼうとしたおのれを反省し、人質をだすことをやめた。

呂布との戦いは死闘といってもよいほど酷烈であったが、ついに済陰郡の定陶において呂布軍を大破し、その四か月後に呂布を徐州へ逐った。袁紹に協力を求めず、

独力で兗州を奪回したことが、曹操の自信を大きく育てた。

荀彧の進言を容れた曹操は、長安をのがれてきた献帝を迎えいれて、首都を潁川郡の許県に定めた。後漢王朝がその地にひらかれたことで、程昱は尚書に任命された。

しかし南に呂布がいて北に袁紹がいるという形勢は、不安定そのものであり、

——程昱に朝廷の事務をやらせている場合ではない。

と、おもった曹操は、程昱を東中郎将に任じ、済陰太守とし都督兗州事もひきうけさせた。

昔から多くの役人のことを百官とか百僚とかいい、天下王朝にはさまざまな官職名がある。程昱にさずけられた都督とは、地方の軍政長官をいい、この場合、兗州の軍事を統べることになったと想えばよい。

やがて、劉備が曹操のもとに逃げてきた。

劉備は公孫瓚の旧友であったところから、その南下策戦を佐けるかたちで平原県に駐屯したが、徐州が曹操軍に侵略された際、徐州牧の陶謙を援助した。これがきっかけとなって劉備は陶謙に絶大に信頼されるようになり、臨終の陶謙に徐州をゆずり渡された。やむなく徐州を治めることとなった劉備が直面したのは、南の袁術との戦いであり、その戦いに明け暮れているあいだに、曹操に敗れて兗州をあとにした呂布に州内にはいりこまれ、居坐られて、徐州の支配権を奪われた。徐州の主であった劉備は従に貶とされても州内にとどまったが、ついに呂布に殺されそ

になったため、曹操は劉備に依倚したのである。

曹操は劉備を厚遇した。

が、程昱はこれまでの劉備の生きかたを観て、

――人からうけた恩を返す型の人間ではけっしてない。

と、洞察した。どれほど曹操が劉備を厚くもてなしても、はなにもない。檻にはいった虎に愛情をかけても、檻からでた虎は飼い主をいきなり襲うであろう。ゆえに劉備を配下に置くことは無益どころか有害である。そう考えた程昱は、曹操に進言した。

「劉備を殺すべきです」

曹操の左右や下にいる者のなかで、これほどはっきりと劉備抹殺を献言した者は、程昱を措いてほかにいない。が、曹操は能力優先主義者にみえるが、情の深さがあり、

「わが懐にはいった窮鳥をどうして殺せようか」

と、いい、この非情な献言をしりぞけた。曹操には詩人あるいは文学者がもつ歓諧と同質の性情があり、その性情が画く爽やかな人間風景のなかに自身と劉備を置いてみたくなったのであろう。むろんそれが曹操の美質であることを程昱は承知している。その美質が政治的効力を産むことがあることもわかっている。しかしなが

ら劉備は質のまったくちがう人間なのである。そういう認識で程昱は劉備をみた。

二年半後に、袁術が動いた。

九江郡をでた袁術が徐州を通過して袁紹のもとへゆこうとしているらしい。袁紹との対決が近い曹操は北から目をそらすわけにはいかないので、劉備を遣って、袁術を迎え撃たせることにした。

それをきいた程昱は、謀臣の郭嘉とともに、

「なりません」

と、曹操の決断の危うさを説いた。郭嘉は袁紹のもとにいたがその器量をみかぎって曹操に属いた天才兵略家である。程昱と郭嘉は、檻からだされた虎がみずから檻のなかにもどることはない、と意見を一致させ、

「兵を与えられた劉備は、かならず異心をいだくでしょう」

と、曹操にむかって述べ、劉備の出発を止めようとした。が、劉備を監視するために朱霊を付けた曹操は、この判断に過誤はないと考え、劉備を徐州へ遣った。すでに徐州には呂布はいない。曹操に討滅された。徐州を通過するであろう袁術も病死してしまった。

そうみた朱霊に危難はない。

──徐州に危難はない。

そうみた朱霊は帰途についた。かれが曹操からどのような命令をうけていたのか、

いまひとつわかりにくいが、劉備を残留させた。

朱霊が去ったとみた劉備は牙をむいた。徐州刺史の車冑を襲って殺害すると、下邳に関羽をすえ、自身は小沛にもどって独立したのである。それを知った曹操は、

——われが甘かったか。

と、悔やんだが、怒るというよりも、そこに画かれた人間の風景にさびしさを感じた。

劉備を動かしている情熱の正体が曹操にはわからなかった。

程昱は振威将軍に昇進し、鄄城を守った。

献帝のいる許の攻略をめざす袁紹は、軍の南下を図り、黎陽から河水を渡ろうとしていた。黎陽は冀州の最南端にある津で、そこから河水の対岸に到ると、兗州の東郡にはいったことになる。東郡の郡境近くには鄄城があるので、

「渡河した袁紹軍が鄄城を襲うかもしれない。増援の兵を三千送る」

と、曹操は程昱に伝えた。鄄城の守備兵が七百しかいないことを曹操は知っている。

ところが程昱はその配慮に感謝するどころか、

「むだな増援です」

と、ことわった。むろんこれには理がある。袁紹は十万の兵を擁し、むかうとこ
ろ敵なしという勢いを示している。その自信に満ちた目で鄄城をみれば、あまりに
兵が寡ないので、攻めるまでもないと軽視するにちがいない。もしも増援の兵が城
に籠もれば、軍の通過にさしつかえると袁紹は考え、かならず鄄城を攻める。そう
なれば、増援の兵までいのちを落とすことになる。

「どうか、公よ、疑いなさいますな」

曹操にそう伝えた程昱は寡兵だけで鄄城を守った。はたして袁紹軍が鄄城を攻め
なかったので、曹操は程昱の肝の太さを賛嘆し、

「程昱のずぶとさは、孟賁、夏育にまさる」

と、左右にいた賈詡に謂った。孟賁と夏育は戦国時代の勇士である。

程昱のしたたかさはそれで終わりではない。

鄄城が攻められることはないと慎重に確認した程昱は、山沢に避難していた人々
を呼び集め、精兵数千人を得ると隊を編制し、曹操軍に合流して反撃に成功した。
この働きが曹操に認められ、程昱は奮武将軍を拝受し、安国亭侯に封じられた。

官職が昇進してもさほどうれしそうな顔をしない程昱が、このときはめずらしく
にこやかなので、

程武が問うた。

「父上は奮武将軍に憧憬をおもちでしたか」

「ふむ、将軍の号はいろいろあるが、奮武というのは、董卓打倒のために起ちあがった山東の諸侯のなかにあって、公が最初に任じた将軍だ。勇気の象徴といってよい。その将軍職をわれにお授けくださった公のお心遣いがうれしいのよ」

程昱は人の心を読む達人といってよい。その読心術の延長上に兵略家としての面目があると想うべきであろう。

予言も的確であった。

曹操が袁紹軍を破り、袁紹の死後の河北を平定したのち、軍頭を南へむけて荊州を攻略した。そのとき荊州にいた劉備はさらに南へ奔って、呉の孫権にすがった。

曹操に意見を述べた者たちの多くは、

「孫権はかならず劉備を殺す」

と、予測した。が、程昱は異論をとなえた。孫権が呉を治めるようになってさほど歳月が経っておらず、海内でははばかられる存在になっていない。劉備には英名があり、その左右の関羽と張飛はそれぞれひとりで一万の敵に立ち向かえる人物である。そこで孫権はかれらを使って公の軍を防ごうとするであろう。孫権と劉備が、手をとりあって苦難をしのいだとすれば、そのあとに両者は袂を分かつ。劉備はそれをきっかけに成功して、かれを殺すことはできなくなるだろう。

この程昱の予言は、曹操軍が大敗する赤壁の戦いよりだいぶまえに述べられた。

その正確さにおどろくべきであろう。

曹操は賢臣と勇将を多く従えながらも、南征に失敗した。策戦に過誤があったわけではないのに、不運がかさなって撤退せざるをえなくなった。こういうときに人の経験が活きるもので、曹操が常勝将軍でなかったことがかれを立ち直らせたといってよい。昔、董卓を討とうとして果敢に兵を西進させた曹操は、いきなり惨敗した。この敗戦が曹操に与えた教訓は大きかったといえるであろう。

曹操軍は大敗しても、支配圏にある州郡は動揺しなかった。

天下の三分の二の主となった曹操は、近くにいた程昱の背中をたたき、

「兗州を失いかけたとき、君の言を用いなかったら、われはここに至っていないであろうよ」

と、いった。程昱がいなかったらいまの曹操はない。

「それほど公に感謝された臣がほかにいようか」

程昱の族人たちは喜び噪ぎ、牛と酒を捧げて、大宴会を催した。が、程昱はしぶい顔で、

「足るを知れば、辱（はずか）しめをうけない。われは引退すべきだ」

と、いい、兵を返上して、門を閉ざし、外にでなくなった。

程昱は信念の人であるがゆえに、人と折りあわず、自説をまげないので、人と衝

突することがしばしばあった。それを上への不満であるとみた者が、

「程昱は謀叛します」

と、讒言したが、曹操は、

「程昱にかぎってそのようなことはない」

と、とりあわなかった。程昱を隠遁させるわけにはいかない曹操は、魏王になる

と、かれを召しだして衛尉に任じた。衛尉は九卿のひとつで、宮門の警備をおこな

う。ところが儀礼について中尉の邢貞といい争いになり、程昱は罷免された。中央

の官職に未練はなかったであろう。

――これで余生を静かに過ごせる。

程昱の心境とはそういうものであったろう。

ところが、曹操が逝去し、太子の曹丕が魏王の位を継いだあと、ほどなく皇帝と

なると、

「程昱はわれをみごとに輔佐してくれたことがあった」

と、いい、すぐに召しだし、衛尉に任命した。曹丕は臣下への好悪をはっきりと

表す人で、程昱は曹丕に好かれていた。

「やれ、やれ」

と、いいながらも、程昱はいやがらずに腰をあげた。

曹丕の好意はそれだけでは

なく、程昱を安郷侯に昇進させて、三百戸を加増し、以前の五百戸とあわせて八百戸とした。功臣である賈詡も魏寿郷侯となって、八百戸を与えられたので、そのあたりの数字が優遇のあかしであろう。

が、程昱の享年は尽きた。八十歳であった。三公の位に昇る直前であったという。

涙をながしてその死を哀しんだ曹丕は、車騎将軍を追贈し、諡号を、

「粛侯」

と、した。あとを継いだ程武は、喪に服しているあいだに、あれこれ父を偲んでいた。そのうち、

──なぜ父はあれほど劉備を恐れ、殺したがっていたのだろうか。

と、考えるようになった。この問いに、たれも答えてくれるはずはないので、自分で答えるしかない。やがて程武はこうつぶやいた。

「父上は劉備に似ていた。人は自分にそっくりな者を、嫌い、憎み、恐れ、不要とする。そういうことではありませんか」

張<ruby>遼<rt>りょう</rt></ruby>

高祖とよばれる劉邦によって創設された漢帝国にとって、当初からの脅威は、匈奴という異民族の存在であった。

劉邦の曾孫にあたる武帝が皇帝であったときも、その北方騎馬民族に辺境が寇攘されつづけた。

ところが、あるとき匈奴の使者がきて、しおらしく和親を請うた。

——本気であろうか。

半信半疑の武帝は、この和親をうけいれるべきかどうかを重臣に諮った。

まっさきに口をひらいたのは大行の王恢である。大行は帰順した異民族を掌管する官職で、当然、王恢は匈奴の事情に精通していた。

「漢と匈奴の約定が長く保たれたことなどありません。和親をおゆるしにならず、軍旅を派遣なさって、匈奴をお討ちになるべきです」

それをきいて渋面をつくったのが、御史大夫の韓安国である。この時代の御史大

夫は権能が大きく、百官をとりしまる副丞相であったと想えばよい。

――匈奴を討てとは、軽々しくいってくれたことよ。

そうおもった韓安国はすぐに反対意見を吐いた。

「匈奴を討つということは、漢軍は千里のかなたまで征って戦うことなのです。たとえ勝ったたところで、不毛の地を得ても版図を広げたことにならず、その民を得たところで国力を強めたことにはなりません。利にきまっているではありませんか。匈奴を討つということは、漢軍は千里のかなたまで征って戦うことなのです」

説得力があったのはこの意見であり、賛同する者が多かったので、武帝は、

「和親するとしよう」

と、宣べた。

――おもしろくない。

王恢は不満をもった。匈奴がこの和親を何年まもるというのか。実のない約束は、まったく無益であるばかりか、有害である。和親によって生ずる辺境の防備のゆるみを、匈奴は待ち、一方的に約定を破って、大規模な寇掠をおこなおうとするたくらみが、みえみえではないか。大損害をこうむってから討伐軍を発たせても、手おくれであるとはいうまでもない。

――主上の御心を、討伐へむかわせる策はないものか。

翌年、王恢はひとりの男をみつけて首都までつれてきた。その男とは雁門郡馬邑
の豪族で、

「聶壱」

と、いう。塞外の族と交易をおこなって財を築いた富人である。かれは王恢にと
もなわれて武帝に謁見すると、こう述べた。

「匈奴は、和親がなされたばかりのころは、さほど警戒せずに辺境に近づいてきま
す。利をもって誘えば、塞内にはいってきます。それを伏兵をもって襲撃するのが、
必勝の道です」

この説述は武帝の心を撼かした。すぐに高位の臣である三公九卿だけを集めて、

「辺境の民の苦難を想えば、匈奴を討つのがよいとおもうが、どうか」

と、問うた。

またしても王恢と韓安国の論争となった。だが、武帝の意向は最初から決まって
いたといえる。匈奴を討つことになった。

──御英断である。

王恢は心の張りをとりもどした。匈奴の主力軍を潰滅させることができれば、向
後十年間は、辺境は安寧でいられる。

「たのんだぞ」

王恢の内意を承けた聶壱は、さっそく塞外にでて、匈奴の族に接し、王のなかの王というべき単于に謁見した。謁見できるほどかれは匈奴に信用されていた。すでに富豪となっていたかれがつぎに欲したのは、身分を高めるための名誉であったにちがいない。

「わたしが馬邑県の令と丞（副県令）を斬って、城を降します。そのあとあなたさまが馬邑県におこしになれば、財物を残らず得られましょう」

と、聶壱は説いた。

「それは愉快だ」

単于も聶壱を信じた。

すばやく馬邑県にもどった聶壱は、それがしは天子の密使です、と県令にいって密計の一部を語り、死刑囚のひとりを獄からだしてもらって、斬った。その屍体を城下に懸けた。ようすをみにきた単于の使者には、

「馬邑の長吏はすでに死にました。単于には、いそいできてもらいたい」

と、せかした。

急報に接した単于は、手を拍ち、

「さようか」

と、喜び、すぐさま十万騎を率いて南下し、塞内にはいり、武州県に達した。武

州は雁門郡の中央にあり、その南に馬邑がある。

すでに漢軍の三十余万の兵が、馬邑に近い谷間に伏せていた。王恢はそこにはおらず、材官将軍の李息とともに北の代郡にいて、匈奴軍の後方をすすむ輜重を撃つべくそなえていた。すべては単于が馬邑にはいったところで攻撃を開始するというとりきめである。

だが単于は馬邑の県内にはいらなかった。

馬邑まで百余里の地点までできたとき、単于は不審をおぼえた。家畜が野にちらばっているのに、牧人がまったくいないではないか。この閑散たる光景は、いかにも怪しい。

亭がみえた。亭は旅行する官吏の休息所であると同時に警察所のようなものである。

「亭を攻めてみよ」

この単于の命令に従って匈奴の騎兵は亭を幾重にもとりかこんだ。

ふつうであれば亭のなかには亭長や亭卒などがいるが、このときなかにいたのは雁門郡の尉史（武官）と従者であった。かれは郡内の巡察をおこなっていたが、匈奴の大軍をみて、この亭に避難していた。が、難を避けることはできず、殺されそうになった。

——運が悪い。

尉史は匈奴軍の計画を知っていたが、まさかこの日に、匈奴軍がここに達しようとは、予想だにしていなかった。二階にのぼっていた尉史は、このままではかならず殺されると恐れ、

「単于にお報せしたいことがある」

と、大声を放ち、おもむろに階下へおりた。単于のまえまですすんだ尉史は、いのち乞いを兼ねて、漢軍がしかけた罠の全容をつぶさに告げた。

単于は大いに驚き、

「われは怪しいと疑っていたところだ」

と、うなずき、すぐさま兵を引くことにした。帰路も戦闘をおこなうことなく塞外にでた単于は、

「われが尉史を得たのは、天祐であった」

と、いった。

これによって漢側の大じかけは潰えてしまった。報告をうけた武帝は怒り、

「恢はなにをやっていたのか」

と、その身柄を廷尉に下して問罪した。

王恢にはいいぶんがある。単于が馬邑にはいってからでなければ攻撃しない、と

いうとりきめがあった。かれはそれを守ったのである。また、匈奴軍が北へ引き返したことはわかっていたものの、麾下の兵力が三万では、十万の敵に挑めるはずもない。自軍の兵をむだ死にさせたくなかった。以上のことを上申したが、武帝の怒りはとけず、ついに王恢は自殺した。

さきの計画の原案作りをおこなった聶壱は、王恢が逮捕された時点で、

――われも連座する。

と、震慄し、すべてを放りだして、遁逃した。うまくいくはずだったその一事で、かえって武帝の怒りにさらされ、単于にも怨みをむけられる。隠れることは至難であったが、かれは氏を、

「張」

に変えて、逃げつづけた。かれの子孫が馬邑にもどってきたのは、むろん武帝が崩御してからであり、その後もめだたぬように暮らしつづけた。この張氏は、前漢の時代が終わり、後漢の時代になっても、往年の富力をとりもどすことができなかった。

そういう家に生まれたのが張遼である。

張遼はあざなを文遠という。

なみはずれた体躯をもち、武技にもすぐれていたため、雁門郡の郡吏に採用された。

黄巾の乱以後、天下は慢性的に動揺しているといってよく、西方では異民族である羌族の叛乱があいついだ。北方も静かではない。

前漢王朝に脅威を与えつづけてきた匈奴の勢力図がすっかりぬりかえられた。後漢王朝になると南北に分裂し、その北匈奴を鮮卑が駆逐して大勢力を伸張した。後漢の桓帝のころに出現した鮮卑の檀石槐という不世出の英雄は、むかうところ敵なしという強さを示し、かれが作った勢力図は、東西が一万四千余里、南北が七千余里という広大さであった。むろん鮮卑にとって南下がたやすければ、東西とおなじ長さの勢力図を南北において実現できたであろう。が、かれらの侵略をはばんだのが、後漢帝国の長城をふくめた防備である。鮮卑の兵はたびたび塞内に侵入して掠奪をおこなったものの、この帝国の深部に達することはできなかった。

檀石槐は霊帝の時代に死去したが、あとを継いだ子の和連も、兵を南へむけて塞内をくりかえし寇掠した。

それゆえ鮮卑の勢力圏に接している幽州と幷州の諸郡は、つねに緊張を強いられていたといえる。

雁門郡をふくむ幷州の兵が勁強であるわけは、それであった。

張遼の勇名は州府にとどき、幷州刺史である丁原は、張遼を辟いて従事とした。ちなみに従事は従事史が正式の官名であるが、刺史の属官なので、張遼はすぐに呂布と親密になったわけではない。

さて、王朝の事情に目をむけると、黄巾の乱が勃発した直後に、大将軍という高位にのぼった何進が、有能な諸将をつかっていちおうその乱を鎮圧した。何進にとってその後の課題は、横暴をきわめた宦官を撲滅することである。宦官がもっているぶきみな底力を恐れた何進は、諸州に使いをだして、強力な兵を首都の洛陽に糾合させ、宦官を包囲殲滅するという計画を立てた。その計画にそって、何進は幷州にも使者を遣った。

「うけたまわった」

丁原はそう答えたが、使者がかえったあと、首をかしげた。不得要領なのである。なぜ何進が遠い幷州の兵を必要としているのか、よくわからない。じつは何進の佐将や属官のなかには、宦官誅殺を大きな武力によって敢行すべし、と声高に主張する者もいれば、宦官ごときを排除するのに諸州から豪傑や強兵を呼び集める必要はない、と冷静に進言する者もいて、何進自身も逡巡していた。その迷いがあいまいな要請となった。

――われがみずから上京するまでもない。

そう感じた丁原は、張遼を呼んで、

「大将軍が兵を京師にのぼらせよ、と仰せになっているが、いまひとつ、ご真意がみえぬ。なんじは兵を率いて京師へ往き、大将軍にお目にかかって、そのあたりをうかがってみよ」

と、いいつけ、数日後に張遼に隊を属けて出発させた。隊といっても、その兵数は百にすぎない。

洛陽に近づいた張遼は、休息した亭において、亭長から、

「たとえ大将軍のお招きでも、兵を率いて洛陽城内には、はいれませんよ」

と、おしえられた。

「もっともだ」

張遼は郊外に配下の兵を残し、数人の従者とともに洛陽城内にはいり、大将軍府に直行して、何進への謁見を求めた。ながながと待たされた。が、張遼は腹を立てなかった。もともと性質に険がある男ではない。それに、おのれの官等をわきまえており、

――刺史の代理であるとはいえ、従事が多忙な大将軍に会えるのだろうか。

と、半信半疑になっていた。面会できるのなら、いつまでも待つつもりでいた。

日が落ちて、夕になったところで、何進は面謁をゆるしてくれた。それだけでも張遼は感激した。

何進は張遼をひと目みるや、その雄大な体軀が気にいったようで、ねぎらいをこめた口調で、

「よく幷州からきてくれた。なんじが引率してきた兵の数は、どれほどか」

と、いった。

「百です」

張遼は誇張せずに答えた。

──たった百か。

何進でなければ、すぐにあきれ顔を露骨にみせたであろう。が、何進という男は、他人を不快にさせる表情をみせたことがない。その点でも、評判がよかった。かれは宦官を抑圧するために多数の兵が必要であるとはいわず、

「天子を守護し、京師の防衛を厚くするために、あらたな常備軍の設置を考えている。なんじは配下の兵とともに幷州に帰るのではなく、河北へゆき、兵を集めて、ここにもどってくるように。幷州刺史には再度使いを送るであろう」

と、いった。

「うけたまわりました。では、ただちに河北へむかいます」

そういって張遼がひきさがろうとしたので、何進は苦笑して、

「すでに夜だ。すべての門は閉じられている。三公九卿でさえも、城外にでるわけにはいかぬ」

と、おしえた。

「存じております。明朝、門がひらくまで、そのほとりで露宿します」

何進はそれをきいて哄笑した。

「おう、おう、よくぞ申した。が、われはなんじを夜露に濡れさせたくない。わが邸にくるべし」

何進は張遼のけなげさを称め、帰宅時に張遼とその従者をひきつれた。さらに自邸では、かれらに食膳を供して宿泊させたのであるから、めったにない殊遇といってよい。おそらく何進はあとで張遼を大将軍府に遷すつもりであったろう。むろんものごとを素直にうけとる張遼が、何進の特別な厚意を感じないはずがなく、翌朝、星の光が消えないうちに起き、朝食を摂らずに何進邸をでると、城門のまえに待機し、鶏鳴とともに城外にでた。かれは郊外に残留させていた兵をうながして、まっすぐ河北へむかったのである。

ちなみに起床した何進は、すでに張遼と従者が去ったことを知り、

「その奔命は、たぐいまれな忠良というべきか。かれは愚直のようにみえるが、そ

のひたむきさは貴く、武事は非凡の域に達することがあるかもしれない」

と、張遼の未来を予言するようなことをいった。

この日、何進は幷州府にむけて再度使者を立てた。強い要請である。それを承け

た丁原は、

「どうやら大将軍には、深微なお考えがあるらしい。幷州兵をそれほど買ってくだ

さるなら、すぐさま発たねばならぬ」

と、即決し、属吏と兵を率いて京師へ急行した。

黄巾の乱以後、大小の叛乱をかかえる州にはそれぞれ難件があり、刺史はそれを

かたづけないで州を空けることはしにくい。が、丁原は大胆にもそれをやった。ひ

とつに、鮮卑の脅威が軽減していたため、辺境の防備に気をつかわなくてよいとい

う状態があったのだろう。

丁原の反応のよさを喜んだ何進は、さっそくこの遠来の刺史を騎都尉に任命し、

洛陽の北側の防衛に重要となる河内の地に、駐留させた。さらに何進は丁原を中央

に招き、宦官を誅滅するための謀議に加わらせた。信用がおけるとみるや、かれを

執金吾に抜擢した。

――われが執金吾か。

丁原は喜躍したであろう。執金吾は首都を警備する長官であり、そのはなやかな

官職は、若いころの光武帝があこがれたほどである。丁原の異数の昇進に関していえば、実際のところ、丁原が率いてきた并州兵の多さがものをいったとみるべきであろう。ぜったいに宦官側につかない兵力を何進はつかんだというひそかな喜びを、すばやい叙任によって表現したのであろう。

河北へむかった張遼は、そういう王朝人事についてはまったく知らない。かれは忠実に兵を集めようとしていた。が、河北では無名の張遼が、

「天子と京師を守護するための義勇兵を、大将軍がお求めになっている」

と、呼びかけても、応える者は多くない。諸県をめぐって、ようやく集めた兵の数は千余にすぎなかった。温情にみちた何進を喜ばせたい張遼は、

――せめて五千の兵は欲しい。

と、おもい、さらに北へ行った。休憩のためにはいった亭で、

「大将軍のご下命を承けた者である」

と、告げると、血相をかえて亭長が趨ってきた。

「あなたは、なにもご存じないのか」

「なにも、とは、どういうことか」

「大将軍は宦官に暗殺されたのですよ」

この悲報は天空を飛ぶほどの速さで河北にひろまっている。

「ひゃっ」

張遼は奇妙な声を発して、うずくまった。

――大将軍が、この世から消えた。

の未来を見失った。路頭に迷うとは、このことであろう。張遼に自身

突然、明るい昼がまっ暗な夜に変わったようなものである。同時に、張遼は自身

きた兵も、何進の横死を知って、立ち噪いだ。が、そのなかにあって動揺せず、沈

毅な者がいて、立ちあがらない張遼の横にしゃがんで、

「一夜の膳にも、ご恩情がありました。ご恩に報いればよいではありませんか。宦

官を討つ算段をなさいませ」

と、はげました。張遼にとって、このことばが闇を裂く光となった。

「おう、おう、よくいってくれた。たとえ寡兵でも、宦官の巨大な毒牙をくだけぬ

はずがない」

ようやく張遼は気力をよみがえらせて起立した。かれには隊長としての徳がある

のだろう、河北で集まった兵もこの異常事態を知ってなお、張遼から離れなかった。

千余の兵が張遼の私兵となった。

張遼は洛陽へ急行した。

ただし河北から洛陽までは、どれほどいそいでも半月はかかる。途中で、

——いそぐばかりが能ではない。

と、気づいた張遼は、その後の宦官の横暴ぶりを知るために、兵たちの休息を多くした。大将軍という最大の政敵を倒した宦官が、大将軍府の配下とその与党をみのがすはずがない。かならず、むごいほどの弾圧をするというのが過去の例である。

大将軍じきじきの下命を承けた張遼も、宦官の憎悪のまとにされるであろう。

ところが河内郡にはいるまえに、兵のひとりが、まさか、と疑いたくなるような伝聞をひろってきた。

「京師にいるすべての宦官が、消えたそうです」

「嘘だろう」

張遼はそういって笑ったが、それは虚伝ではなかった。

消えたといっても、すべての宦官が洛陽から逃げだしたわけではない。宦官誅殺の謀議の中心人物であった袁紹と袁術という兄弟が、何進が暗殺されたことを知って怒りの兵を挙げ、宦官をのこらず斬殺したという。すなわち、うわさ通り、すべての宦官がこの世から消えたのである。

「わっ」

と、頭をかかえた張遼は、またしてもうずくまった。

せめて宦官に一矢報いてやろうと意気込んでいたのに、急に梟が消滅したおもい

である。王朝の勢力図から何進ばかりか宦官もいなくなったとなれば、これから王朝運営を主導してゆくのが袁氏一門であることは、火をみるよりもあきらかである。

張遼のような地方の属吏が、権門というべき袁氏一門とつながりをもったことはなく、これからももてぬであろう。

――大将軍に生きてもらいたかった。

張遼がどれほど悔やんでも、何進のいない現実は変えようがない。

――幷州へ帰るしかない。

自分はそれでよいが、呆然と立っている兵たちの進路を定めなければならないとおもった張遼は、おもむろに腰をあげ、兵たちに語りかけた。

「宦官が全滅したとなれば、われらは目的を見失った。洛陽へゆく意義はない。河北から属き従ってくれた者たとは、ここで別れよう」

そう説き終えたとき、遅れてもどってきた兵が、張遼に耳うちをした。

「それは、まことか――」

張遼の目がにわかに明るくなった。

「吉報がある。幷州におけるわれの上司が、いまや京師にあって執金吾になっておられる。このまま上洛すれば、みなは宮城を守護する官兵になれる。どうだ、ゆくか」

「おう——」

兵たちは喚呼で応えた。執金吾ときいただけで、張遼にかぎらず、兵たちもその兵とは格がちがう。

「いざ、洛陽へ——」

ここが張遼の運命のわかれ道であったといえる。もしもかれが幷州に帰ってしまえば、歴史の片隅にもかれの名は浮上しなかったであろう。

洛陽城の門を衛っていたのは、幷州兵である。

しかも門衛の長は、張遼の同僚であった。

「やあ、文遠ではないか」

馬上の張遼は自分のあざなを呼ばれると、両手を挙げて、笑った。

「河北の兵を率いてきた。刺史いや執金吾さまに報告したい。どこへゆけば、お会いできるのか」

この声をきいて門衛の長はさっと顔色を変えた。かれは趨り、下馬した張遼に近づくと、

「執金吾は亡くなった。とにかく、なんじは騎都尉どのにお会いしろ。兵に案内さ

せるから、なんじは黙って付いてゆけ」

と、低いが強い声でいった。

――よくわからぬことをいう。

丁原が宦官との戦いで死んだのであれば、幷州兵が洛陽城に残る理由がなくなる。

それとも袁氏一門が幷州兵の残留をのぞんだのか。また、これから会う騎都尉とは、

たれであるのか。ふたたび馬に乗った張遼は、首をひねりながら、先導の兵のうし

ろをゆっくりとすすんだ。

城内のあちこちが荒廃している。

馬をおりたのは、太尉府のまえである。

「しばらく、お待ちください」

なかにはいった兵がもどってくると同時にあらわれたのは、呂布である。

「やあ、奉先ではないか」

張遼は気やすく呂布のあざなを呼んだ。呂布は親友というわけではないが、とも

に丁原に仕えていたので、かれも同僚のひとりといってよい。が、兵は張遼の軽

佻さをたしなめるように、

「騎都尉さまです。敬礼なさいませ」

と、強くいった。

「えっ、奉先が騎都尉——」

騎都尉といえば、天子を衛る近衛の騎兵を督率する高位の武官である。たしかに呂布は丁原に目をかけられていたとはいえ、もとは幷州の賤族にすぎず、そういう出自の男が、一躍、騎都尉まで昇ったという事実を、張遼はうけいれがたかった。

なにしろ張遼は何進の死を知らずに河北をめぐって兵を集めることに専心していたのであるから、情報収集におろそかな面があり、当然、宦官殄滅後に生じた主権争いにかかわる事件を知らなかった。

呂布は騎都尉になったとはいえ、張遼にたいして尊大ぶらずに、

「きいたぞ、河北の兵を率いてきたそうだな。兵数は——」

と、問うた。

「千余だが……」

誇れる数ではない、と張遼はおもっていたが、呂布の反応はちがった。

「それは、大きい。太尉がお喜びになるであろう。いま太尉は府内におられる。なんじを引見してくださるだろう」

四半時後、張遼は呂布にみちびかれて太尉のまえに坐った。

太尉とは、董卓であった。

そう呂布におしえられた張遼は、その脂ぎった面貌を視（み）て、

――悪相だな。

と、嫌悪感をもった。董卓とは西方の勇将であるときいていたが、その容姿にはすがすがしさのかけらもない。中央にいなかったはずの将軍が、なにをどうすれば、群臣のなかの最高位というべき三公のひとりになれるのか。張遼にとってわからないことが多すぎた。この不可解な事態をまえにして、張遼は呆然（ぼうぜん）としていたわけではなく、危険なにおいをかいだ。勘は、悪い男ではない。へたに動かないほうがよいと直感したため、気張らず、感情の色をださず、あえて寡黙（かもく）をつらぬいた。

だが、張遼の骨太の体躯が、精悍さをにじみだしていたので、

――つかえそうな男だ。

と、董卓は気にいった。そこで張遼が引率してきた千余の兵を自分の支配下に置き、張遼には太尉府から遠くない門を守衛させることにした。

河北の兵は董卓にとりあげられて、張遼に与えられたのは、もとの幷州兵の百人だけである。

だが、張遼は不満の声を揚げなかった。かれはぞんがい用心深く、董卓に信用されるのを待つように、ひと月間は、めだつことをいっさいしなかった。その後、幷州兵のなかで才覚があり、しかも口の堅そうな雁門郡（がんもんぐん）出身の兵をえらんで、さりげ

なく近寄らせ、

「いまの三公の席に、宦官誅殺に勲功のあった袁氏がひとりも坐っていないのは奇妙である。ほかにも陰謀があったにちがいないので、それをさぐってもらいたい。太尉だけではなく騎都尉にも知られぬようにしらべて、われに告げよ」

と、いいつけた。

人を疑うことの嫌いな張遼が、はじめておこなった諜知である。おのれの保身のためだけでなく、あずかった百人を危険にさらさぬように配慮するのが隊長のつとめであると自覚したためである。直面している現実は、腕力と度胸だけで乗り切ってゆけるほど甘くはない。

二十日後に、その雁門兵が張遼の宿舎にしのんできて、報告をおこなった。この報告の内容は、張遼を驚愕させつづけた。

かつての上司であった丁原が、上京後に何進に信頼されて、洛陽城の警備をまかされ、執金吾に任命されたことは事実であった。何進が宦官に暗殺されたあと、まず袁術が挙兵し、ついで袁紹が挙兵したようであり、丁原はそのふたりに協力するかたちで宦官の討滅にくわわった。ただし丁原はその戦いで死んだわけではなかった。ほぼ争乱が鎮まった直後に、三千の兵を率いて城内にはいってきた董卓の存在が、袁術、袁紹、丁原らにとって脅威となった。

董卓は大軍を率いてきたわけではないので、麾下の兵力を大きくみせるために、巧妙な手を用いた。すなわち配下の兵を夜中に城外にだして、翌日になると、にぎにぎしく入城させた。それをくりかえすと、官民は、連日、西方の兵が洛陽に到着していると信じた。が、そのあたりの詐術を袁氏のふたりがみやぶってすばやく丁原と戮力すれば、董卓を追い払うことができたはずだ、と雁門兵は私見を述べた。

「なるほど、そうにちがいない」

張遼はうなずいてみせた。

「しかし袁氏のふたりは、城内に充満したようにみえた西方の兵を畏れ、別れて、北へ南へと逃亡し、丁原さまは殺されることになったのです」

「殺された……、たれに——」

張遼の眼光がするどくなった。

「呂奉先さまに、です」

「なんだと——」

呂布が丁原を殺すなどということが、あってよいものか。　張遼はめまいをおぼえた。

「いまの太尉は、洛陽に乗り込んできたときには、前将軍にすぎず、群臣を威嚇するために、丁原さまの兵を奪う必要があり、呂奉先さまをそそのかしたのです。お

「そらく……」

　これも、この兵の私見である。だが、呂布が丁原を怨むはずがないとみれば、この推理はあたっているであろう。

　袁紹と袁術がいなくなった朝廷は、董卓の独擅場となり、またたくまに自身が司空となったあと、何進と妹の何太后が立てた皇帝をひきずりおろして、あらたに幼い皇帝（献帝）を立てた。さらに、じゃまな何太后を毒殺して、みずから太尉となった。うわさでは、董卓はまもなく相国になるという。相国は三公の上の位で、これ以上の位を欲するのであれば、自身が皇帝になるしかない。

──恐ろしい男だな、董卓は。

　純朴さをもつ張遼は、旧主を裏切った呂布を非難したい気持ちであるが、それをやれば、すぐにでも董卓に殺されるであろう。不快な気分がつづいたが、それをあらためた張遼は、密旨をそつなくはたしてくれたこの兵に、

「よくしらべてくれた。これからも、気がついたことを忌憚なくわれに告げてくれ」

と、いい、以後もこの兵を珍重することにした。

──董卓から離れて、幷州へ帰る途はないものか。

　まだ二十代の張遼は呂布から弟のように目をかけられ、しかも董卓からは、

「なんじはみどころがある、励め」

と、声をかけられてしまっては、逃亡するための方途が閉ざされてしまった。

この年の十一月に、ついに董卓は相国となった。

廷の人事をおもいのままおこない、新年を迎えると、かねてめざわりな先の皇帝を

殺した。さらに二月になると、

「長安へ遷都する」

と、宣言した。

――わけがわからぬ。

たしかに洛陽城は、さきの内乱によって、門と宮殿がすくなからず焼失した。が、

無傷の宮殿もあり、天子が住めないわけではない。首をかしげた張遼は、また雁門

兵を呼んだ。

「遷都をせざるをえないわけを、おしえてくれ」

「東方の諸侯が、相国を憎み、連合して挙兵したのです。その連合軍が西進してく

ると想定すれば、洛陽の地形は防禦するに適しているとはいえず、難攻不落の地形

をもった長安を、相国がえらんだのです」

「おい、おい」

張遼は顔のまえで手を振った。

「東方の諸侯は傲慢な者ばかりか。挙兵すれば、黄巾の賊の蜂起とおなじではないか。天子は相国とともにおられる。官軍はこちらで、むこうは賊軍となる」

「いちおう、そうなります」

張遼は眉を揚げた。

「いちおう、ということは、ちがうみかたもできるということか」

「ちがうみかた、というより、ちがう手があるということです」

「ほう――」

張遼はすこし膝をゆすった。なにかにおもしろさを感じたときの癖である。

「その手とは、どんなものか」

「いま天下でもっとも興望があるのは、袁本初です」

本初は袁紹のあざなである。

「ふむ、そうなるか」

「袁本初が宦官誅滅を主導し、実行したとみられているからです。たれもなしえなかったことをなした袁本初の人気は絶大なはずで、おそらく東方の諸侯連合では、かれが盟主でしょう。各地の豪傑や英俊が、かれのもとへ趨っているにちがいありません。もしもかれの氏が、劉、であれば、その人気にささえられて天子になっても、世間は非難しません。が、氏がちがうので、劉という氏をもつ賢人を帝位にの

ぼらせ、自身が宰相となって、天下の半分を経営する手があります」

劉は、漢王朝を創立した高祖（劉邦）の氏で、この氏をもたない者が天子になってはならないといわれている。

「や、や、や」

張遼はほんとうにおどろいた。あらたな帝国が東方に生まれることなど、想像しようもない。

「なんじの頭は策謀にむいている。袁本初に仕えれば厚遇されよう。いまからでも遅くない。せいぜい隊をあずかるだけのわれの下におらず、袁本初のもとへ奔ったらどうか」

雁門兵は苦笑した。

「やめておきます。袁本初は洛陽から逃げだした者です。まことの勇気があったのか、疑問です」

こんどは張遼が苦笑した。

「なんじは人のみかたが辛いな。われのような隊長に仕えていては、つまらぬであろう」

「そのようなことは、ありません」

「ほう、われにみどころがあるのか」

張遼は自嘲ぎみにいった。

「以前、大将軍は隊長を瞥見しただけで、厚遇なさいました。将軍の器である、と想っています」

みぬいたからです。わたしも、隊長はかならず垂名の将となる、と想っています」

「はは、われを称めてくれるのは、なんじだけだ」

このときの張遼は、どうすれば董卓から遠ざかることができるか、と考えていた。自分だけではなく、配下の百人を率いて脱走する好機をうかがっていた。が、そういう好機は皆無であった。

遷都が強行された。天子の車駕が洛陽を発った。だが、洛陽の住民は家を棄てることをいやがった。そこで、

「立ち退かぬ都民を、追いたてよ」

と、張遼も董卓に命じられた。西方の兵が城内の門と家屋を壊しはじめた。都内は悲嘆の声に満ちた。張遼は老人と子どもをも鞭で打つような実情を嫌悪し、ひそかに雁門兵を呼び、

「こんなひどいことができようか。この大混乱に乗じて、幷州へ遁れるのは、どうか」

と、諮った。眉をひそめたその兵は、

「都内だけではなく都外でも、多くの人が斃れ、死者の数は算えきれなくなるでし

ょう。隊長はむしろ最後まで残って、弱い者をかばい、できるかぎり無難に送りだ
すべきです。衰弊する者たちをみすてて生きのびたところで、その先、なにをなし
えましょうか」

と、強い口調でいった。

張遼はこの兵に頭をさげた。

「なんじには、また、教えられた。できるかぎり多くの人民を救うのが、われの務
めだ」

このあと、張遼の隊だけが、うろたえる都民に柔軟に接した。董卓に睨まれない
ように、さりげなく人民をかばったといってよい。

洛陽城内が無人になるや、董卓はすべての宮殿に放火させて廃墟とし、そのあと
累代の皇帝の陵墓をのこらずあばいて、内部の宝物を奪った。これほど大規模な盗
掘はかつてなかったであろう。平然とそれをやってのけた董卓は、進撃してくる諸
侯の軍を撃退すべく、城外の畢圭苑にとどまり、そこを本営として、北、東、南の
三方に迎撃の将士を遣った。

張遼は洛陽城の西北に位置する平陰に配置された。董卓の主力軍を先導するかた
ちで先駆した。河内郡の太守である王匡が、河水の北岸の河陽津に軍を駐屯させて、
董卓を襲うべく、南へ渡渉してきそうであった。平陰は大きな津をもち、そこから

対岸へ渡ることができるし、南下してきた敵軍を西から撃つこともできる位置にある。

河水のほとりに立った張遼は複雑な気分になった。

董卓とその配下の兵は、天子をかかえているがゆえに官軍であるが、やってきたことは大盗賊団とかわりがない。むやみに官民を殺し、かれらの財産を強奪した。

自分がその手先になっていることに、張遼はいたたまれぬおもいがしている。

──王匡軍との戦いがはじまったら、戦場を離脱しよう。

この決意を秘めたまま、董卓の主力軍の到着を待った。ところが、その軍はこなかった。董卓は兵術において狡猾であり、平陰の陣はみせかけであって、主力軍はひそかに東へまわって小平津（洛陽城の東北）から北へ渡河した。この軍は上陸後に東から王匡軍を急襲して、潰滅させた。

待ち惚けを食わされた張遼は、董卓から、

「長安の警備に就け」

と、命じられ、離脱の機会を失って西へ移動した。

東西南北に堅固な要塞をもつ長安は、前漢王朝の首都であった。

ただしその帝位が摂政の王莽によって簒奪されたため、新、という王朝の首都ともなった。

が、その新王朝はながつづきせず、王莽の死後、長安は東方から西進してきた赤眉という賊の大集団によって焼き打ちされた。ゆえに長安は荒廃した。それでも焼け残った未央宮という宮殿があり、天子である献帝はそこにはいった。が、随従してきた百官は、長年の風雨にさらされて衰耗しきった都市に立ち、狐狸さえみあたらぬ荒寥の光景を観て絶望しかけた。宮仕えよりも、おのれの住まいと食べ物を捜すのに必死にならざるをえなかった。まして移住の民の惨状は、目もあてられない。長安にはいるまえに、路傍の死者を多くみてきた張遼は、城内にはいると、

——こりゃ、もっとひどい。

と、さすがに目をそむけた。一隊が官民を救助できる状態ではない。とにかく隊の到着を報せるべく執金吾を捜したが、よくわからない。そのうち、半壊した建物からでてきた大臣から声をかけられた。

「そなたは西方の兵にはみえぬが、出身はどこか」

「幷州の雁門郡です。張文遠と申します」

「おう、雁門か。では、文遠よ、なんじに天子の宮殿の警備を命ずる。われは司徒の王子師である。出身は太原郡だ」

司徒は首相といいかえてもよい。子師は王允のあざなで、かれの出身郡の太原は雁門郡に接していてその南隣にあたる。かれはひとかたならぬ気骨をもっているが、董卓を刺戟するような圭角をみせなかったため、董卓から絶大に信用されている。

「はっ――」

王允に敬礼した張遼はひさしぶりに心に張りをおぼえた。

董卓が長安に入城したのは、翌年の四月である。このとき董卓はすでに相国の上に太師という位を設けてそれに就いていた。欲望の限りを知らぬ董卓が帝位をうかがっているのは、張遼でもわかる。董卓がその気になれば、幼帝を殺すことなど、たやすいであろう。宮殿の警備をつづけている張遼は、幼帝を護りたい気分になった。

ほどなく董卓は長安城の東に塁を築いて、そこを住居とし、朝廷を遠隔操作し、皇帝を長安城外から監視するかたちをとった。

――それなら、幼帝は直接に太師の毒牙にかからない。

と、張遼はひとまず胸を撫でおろした。が、董卓の息のかかった者が皇帝に近侍しているはずだと想えば、薄氷を踏むような危うさを感じつづけた。たまに呂布から声をかけられたが、冬になると、その回数が増え、年があらたまると、呂布のもとから禾穀だけではなく牛肉と酒もとどけられた。

　——どうしたことか。

と、張遼はあやしみつつも、それらをすぐに配下の兵に分け与えた。もはや張遼

の謀臣といってよい雁門兵は、

「呂奉先さまには、隊長に恩を売っておきたい事情が生じたということです」

と、推量したが、その事情の内実まではつかめなかった。呂布に変化があったと

すれば、朝廷を訪ねる回数が増えて、司徒の王允とよく話すようになったくらいの

ことで、呂布が董卓の意向を王允に伝えていることに、なんのふしぎもない。王允

は董卓に篤く信頼されており、呂布は董卓と父子のちぎりを結んでいる。

　突然、献帝が罹病した。

　——まさか……。

　王允と呂布が共謀して、献帝の飲食物に毒薬をいれたのではないか、と張遼は疑

った。これまで王允は、おなじ州の出身という誼からか、張遼の隊員を飢えさせな

いために、饋給してくれていた。張遼はその好意を充分に感じながらも、王允が董

卓を忠実に輔けているという事実をみつめれば、王允に心をゆるせないでいる。

　さいわいなことに、四月に、献帝は回復した。

　——よかった。

　張遼は王允と呂布を疑った自分を觀じた。

献帝の快気を祝うために、群臣が未央宮に集合し、董卓も塁をでてその会にくるという。

急に呂布が屯所にきて、人払いをさせ、張遼の耳もとで、

「明日、騒ぎが未央宮に迫るようであったら、司徒どのを守りぬけ。あの人を失ったら、王朝も潰れてしまう」

と、いうや、すばやく去った。

――騒ぎとは、どういうことなのか。

その謎めいたことばについて考えていた張遼は、半時後に、王允に呼ばれた。ふたりだけの房室で、

「明日、太師が未央宮にのぼるようであったら、斬れ」

と、張遼は王允に命じられた。すぐに張遼は不審をあらわにした。

「さきほど呂奉先さまから、明日は、あなたさまを守りぬけ、と内々でいいつけられましたが……」

王允は苦く笑った。

「われのことなどどうでもよい。天子をお守りせよ。もしも太師が未央宮にのぼれば、天子を蹴落として、群臣のまえで、皇帝の席に即くであろう。そうさせてはならぬのだ。明日は、この王朝も生死の境にさしかかる。なんじに死んでくれとたの

んでいるわけではない。むしろ生きて、天子と王朝を死の淵に墜とさないでくれ、とたのんでいる。わかってくれるか」

切々たる衷情が吐露されているといってよい。

——司徒さまは、こういう人であったのか。

張遼は身ぶるいし、感動した。王允はこの日のために董卓に唯々諾々と従ってきたのだ。呂布も董卓から心を離し、その心を王允に寄せている。おそらく呂布は、董卓にそそのかされて旧主である丁原を伐った自分を愧じて、旧悪を雪ぐつもりであろう。ここでようやく張遼は、呂布がいった騒ぎの実体がどういうものか、見当をつけた。

はたして翌日、王允の内奏によって献帝から下された詔（天子の命令）をもとに、呂布が董卓を撃殺した。塁からでて長安城へむかった董卓は、奸雄とよばれているだけに、用心に用心をかさね、自身は甲をつけ、前後左右に護衛の兵をならべていた。それにもかかわらず、その護衛の長というべき呂布に討たれた。呂布の矛に刺殺される直前に、董卓は呂布をののしり、

——庸狗、敢て是の如くするか。

と、叫んだ。庸狗とは、やとい犬、をいう。庸には、平凡とか愚か、という意味があるので、庸狗を、愚かな犬、といいかえることもできるが、この場合、

「われにやとわれた犬であればよいものを、いままた他の者にやとわれた犬になる
のか、愚かな男よ」

と、董卓がいったと解したほうが、表現に深みと広がりが大きくなるとおもわれ
るが、どうであろう。

献帝を守護しぬく気構えで、隊にできるかぎりの重装備をほどこした張遼の耳に、
万歳（ばんざい）の声がきこえた。やがて董卓の死を知った都民が、喜悦（えつ）のあまり、どっと路上
にでて歌舞をはじめた。献帝に吉報をとどけるために未央宮にきた王允にむかって
敬礼した張遼も、隊員とともに万歳を三唱した。

董卓の三族が誅殺（ちゅうさつ）されたあと、呂布は奮武将軍（ふんぶ）に任命された。直後に、張遼の
もとにきた呂布は、

「宮殿の警備はもうよい。われの偏将軍（へんしょうぐん）となれ」

と、いった。偏将軍は神将軍ともよばれ、いわば部隊長である。これだけでも誇
らしい気分になった張遼であるが、すぐに王允に呼ばれて正式に騎都尉（ときとい）に任命され
た。

張遼は喜びを全身で表現した。

不幸なことに、朝廷と長安城の平穏（へいおん）は二か月もつづかなかった。

董卓配下の諸将は、東方諸侯の西進にそなえて長安城の東に駐屯していたが、か
れらのあつかいについて、呂布は、

「罪に問わず、宥赦なさるべきです」

と、王允に進言した。が、棄却された。この王允の頑強な決定が、ほどなく大惨事をまねいたことを想えば、呂布のほうに政治的な柔軟性があったとみるべきだが、王允の潔癖さがそういうなまぬるい処置をゆるさなかった。

朝敵にされた李傕、郭汜といった諸将は、西方へ逃げ帰るにしても、途中にある長安城をいちど攻めてからでも遅くはない、と共謀した。かれらは兵を翕わせて、西進し、新豊県において迎撃の官軍を大破し、長安城を囲んだ。迎撃の官軍を督率していた将のひとりが徐栄であり、かれは以前に、汴水のほとりで曹操軍を破り、汝水南岸の梁県で孫堅軍を敗走させたほどの名将で、董卓の属将たちの猛攻によって、陣はむざんなほど摧折され、徐栄自身は戦死した。

長安における籠城戦は、わずか八日である。

呂布の下にいた蜀兵が、西方の兵を城内に引き入れたため、官兵の懸命な防戦は内から切り崩された。張遼の奮闘も、むなしくなった。敵兵になだれこまれた城内では、殺戮がくりかえされ、三公九卿の大半が死に、兵だけではなく都民も戦渦にまきこまれたため、死者の数は一万余にのぼった。

「文遠、逃げるぞ」

この呂布の声をきいた張遼は、帝室専用の青瑣門へむかった。そこに呂布だけで

なく王允もいた。

このころ王允と呂布にはなにかにつけて齟齬があったものの、生死にかかわることのきわどさに立てば、感情のしこりもとけて、呂布は王允にむかって、

「公よ、去られますか」

と、いざなうようにいった。が、王允はうなずかず、幼い天子をみすてて逃げるわけにはいかない、と説き、さいごに、

「そなたは生きのびて、関東の諸侯にこの窮状を訴え、国家を忘れぬように、と伝えてくれ」

と、いい、きびすをかえした。

「やむなし」

呂布と張遼は、寡兵を従えて城外に撃ってでると、包囲陣を突破して南へ驟った。

呂布はどこへ行っても信用されなかった。

長安からみて東南に武関という要塞がある。そこをでて荊州北部の南陽郡にはいった呂布は、南陽郡の支配者となっていた袁術のもとへ行った。このときすでに袁術は、もっとも勇敢な属将である孫堅を劉表軍との戦いで失い、荊州南部から北

部をも併呑しようとする劉表の威勢に押されぎみであった。こういうときに呂布が、袁術の膝もとにきた。

南陽郡がそなえている豊饒さのなかで、王のごとく奢放をかさねて軍事をかえりみない袁術は、呂布を迎えるや、

——こやつを孫堅のかわりに使ってやろう。

と、考え、ひとまず厚遇した。

が、自己規律が欠如している呂布は、公私混同もはなはだしく、袁術の兵をかってにおのれの兵とし、

「董卓を討ったわれを知らぬのか」

と、いわんばかりの厚顔で恣放をくりかえした。これには、さすがの袁術もあきれ、露骨にいやな顔をみせた。それをみた呂布はおもしろくなく、張邈に、

「ここをでて、河内にゆこう。太守は張楊だ」

と、いい、袁術にことわることなく南陽郡をでると、荒廃した洛陽の近くを通って、河水を渡った。

王匡のあとに河内郡の太守となった張楊の出身地は、并州の最北に位置する雲中郡である。かれのあざなは雅叔という。并州府では丁原の下で武猛従事として勤務していたが、霊帝が崩御する前年に西園八校尉という皇帝直属軍を設置した際、張

楊は丁原の命令で上洛し、上軍校尉の臨時の司馬に任命された。その上軍校尉とは、宦官の蹇碩のことで、かれは大将軍の何進にとって最大の政敵であった。霊帝の死後、はたして両者のあいだに政争が生じたが、何進が勝ち、蹇碩は敗れて死んだ。

直後に蹇碩の軍は消滅した、というより、何進に隷属するようになったと想えばよいであろう。何進の命令を承けることになった張楊が、幷州へ帰って兵を集めるようにいわれたのは、何進に信用されたのではなく、体よくしりぞけられたのであろう。

幷州にもどって兵を千人ほど集めた張楊が、何進のもとに駆けつけなかったのは、何進への不快感があったにちがいない。その後、かれは山賊を討伐したり、洛陽からのがれでた袁紹に協力したり、匈奴と戦って捕獲されたりするという波瀾に富んだ体験を経て、董卓によって河内太守に任命された。だからといって、董卓に恩をおぼえたわけではない張楊は、董卓を誅殺した呂布を喜んで迎えた。

そういう太守が治めている河内郡は呂布にとって居心地のよい場所になるはずであった。ところが、ほどなく呂布は張遼に、

「冀州の袁本初のもとへゆく」

と、いい、逃げるように河内郡を去って、袁紹に帰付した。呂布は勘がよい。長安を制圧した董卓の旧の属将らが、呂布の首に賞金を懸けたため、張楊の属将らが

呂布の殺害をもくろんだ。呂布はそれを察知して北へ走ったのである。

呂布は袁紹の佐将としてしばらく冀州にいた。たしかに袁紹軍の一翼をになって強悍さを発揮したが、もちまえの高慢さをあらわにしたことで、袁紹に嫌われた。

呂布は戦いに勝てば克つほど始末におえない存在になりそうであった。そこで袁紹は武技にすぐれた臣下を集め、

「呂布は洛陽に帰りたがっている。そこで、われは呂布を司隷校尉に任命されるようにした。なんじらは呂布に同行し、見送るふりをして、途中で、殺せ」

と、命じた。

呂布は自分にむけられる袁紹の烈しい嫌悪から遠ざかるために冀州をでることにしたが、見送りにきた者たちがすべて暗殺者であることを察し、またしても張遼に、

「逃げるぞ」

と、ささやいた。呂布は少々智慧をつかった。別れの宴を催すようにみせかけ、帳中で箏を演奏させているあいだに、脱走した。それを知った袁紹は舌打ちをし、兵を遣って、執拗にかれらを追わせた。が、呂布と張遼は逃げ切った。

――やりきれない。

張遼は近侍の雁門兵に嘆いた。呂布に随従し、頤であごでつかわれるかぎり、呂布の質たちの悪い個性のなかに埋没しつづける。呂布は天子の命令によって董卓を誅ころし、帝室

に忠誠を奉げたつもりであり、勤皇の英雄を気どっているが、世間の目には、二度も旧主を裏切った男と映り、悖徳の将とされている。呂布にもっとも近い張遼はそういう陰翳のなかにいる。

「あなたさまは、呂奉先さまの首を馘って、長安へお送りになりますか。それとも、ここから幷州へお逃げになりますか」

と、雁門兵はいった。

「幷州へ帰りたい」

張遼の真情であった。

「いま、あなたさまの主は、呂奉先さまです。幷州へお帰りになっても、主を裏切ることになります。あなたさまを慕って属き従っている幷州兵はまだ八十人もいるのです。かれらの敬慕の心が天にとどかないことがありましょうか。呂奉先さまに従うのも天意、呂奉先さまと別れるのも天意、そうお思いになって、ご自身を無になさいませ」

なにが正義であるかわからないいま、よけいな智慧をはたらかせないほうがよい、ということである。東方では董卓は大悪人とみなされているのに、その首を獲った呂布を称めたたえる者はすくない。が、このさき、呂布の評価は二転、三転するかもしれない。

「わかった」

張遼は地をみつめ、うなだれたまま、そういった。

ほどなく呂布に開運の機会がめぐってきた。

袁紹の兵に追われた呂布がふたたび河内の張楊を頼ろうとして、いったん南下して兗州の陳留郡を通った。

「やっ、呂布がわが郡にいるのか」

陳留郡の太守である張邈は手を拍って喜び、急遽、使者を遣って呂布を迎えさせ、じかに会おうと大いに厚遇し、それから別れた。

むろん張邈には下心がある。

かれは東方の諸侯連合が形成された際、盟主となった袁紹に騎色があることが不快で、それをなじった。そのため袁紹に怨まれ、

「張邈を殺害する」

という計画が立てられたことを仄聞した。どうやらその計画を中止させたのは、袁紹の盟友となった曹操であるらしい。だが、いつなんどきその計画が実行されるかわからない。孤立している張邈はつねにそれを懼れ、強力な助力者を欲していた。

――呂布なら袁紹と曹操に抗敵できる。

そう想った張邈は、ふたたび呂布を招くための工夫をはじめた。

ちょうどそのとき、陳留郡と境を接している東郡から、陳宮の密使がきた。

「陳宮といえば――」

いうまでもなく曹操の謀臣であり、篤く信用されているので、徐州の陶謙を攻伐するために外征した曹操によって、本拠というべき東郡の留守をまかされている。

だが、陳宮には叛渙の心があり、密使をつかって張邈に、

「いま、曹操の支配地は空同然ですので、あなたが呂布とともに兗州を手に入れる絶好の機です」

と、いい、挙兵をうながした。

曹操に冷遇されたわけでもない陳宮の翻身は不可解といってよいが、張邈はこの誘いにすぐさま乗り、

「よし」

と、膝を打って起ち、河内郡へ急使を馳せらせて呂布を迎えると、兗州制圧にとりかかった。

呂布と張遼は曹操との戦いに突入したということである。

四年後、張遼は魯国の首都である魯県にいた。

呂布は、陳留郡守の張邈とともに兗州奪取にとりかかったが、その後、戦う相手を変え、助けあう相手を換えながらも、けっきょく曹操と戦い、曹操に敗れた。端的にいえば、そうなる。

空家同然の兗州に踏み込んだものの、帰還した曹操と戦って敗走した呂布は、隣家というべき徐州の持ち主である劉備を頼った。直後に、揚州北部に本拠を移していた袁術に援兵を乞いに行った張邈が配下の兵に殺された。劉備を援助するかっこうの呂布は、徐州を得るために、まんまと劉備を逐いだしたものの、袁術との関係がしっくりいかず、また、敗走した劉備が曹操に助けを求めたため、孤立して曹操軍の攻撃をうけることになった。ちなみに呂布の親友というべき河内郡守の張楊もすでに亡い。かれも属将によって殺された。

呂布が本拠とした下邳城は水攻めによって陥落しそうになったため、属将は陳宮を捕らえ、兵を率いて降伏した。戦意が湮没した城内に寡兵しかいなくなった呂布は、天空へ逃げ道を求めるしかなくなったが、その不可能をさとり、登っていた楼からおりて、曹操のまえで膝を屈した。

それから数日後、呂布と陳宮が曹操によって斬られたことを知った張遼は、暗然とした。

このとき張遼は魯相である。魯が郡ではなく王国であるため、この国には太守の

かわりに相が置かれる。ちなみに魯国は兗州にむかって突き出た半島のような形を

している。つまり、徐州の西北部の防衛を、張遼はまかされていた。

「われも、斬殺されるときが、きたようだ」

逃亡する気のない張遼は、近侍の雁門兵に、さびしい笑いをむけた。だが、雁門

兵は深刻にならず、表情も変えず、

「曹操は、遅れて降伏した者を赦さず、かならず処刑します」

と、さらりといった。

「であろうな。われなど、その最たる者だ」

「あなたさまは、天意によって呂奉先さまとお別れになるときがきたのです」

そういわれた張遼の脳裡に、なぜか呂布の貌ではなく、長安を脱出する直前にみ

た王允の揺々たる容姿が浮かんできた。

――あの人も天意に従って死んだ。

そう想った張遼は、

「天意によって死別させられるということか。いや、われがほどなく死ねば、冥府

で呂奉先さまにすぐに再会する。死んでからもいっしょということになる」

と、いい、天を仰いだ。

しかしながら、この雁門兵の予見する目は、張遼の将来をそういう冥さのなかで

視なかった。

「そうは、なりますまい。遅れて降伏する者が斬首されるのであれば、遅れすぎた降伏者はどうでしょうか。すなわち、降伏をおやめになって、魯県の城を守りつづけるのが、よろしいでしょう」

「ほう……」

意表を衝かれたおもいの張遼は瞠目した。やがて、なるほどとおもった。いまごろ、のこのこ曹操のもとへゆけば、即座に斬られる。それなら城とともに討ち死にしたほうがよい。ただし城兵をまきぞえにしたくない。そう考えた張遼はすぐさま城兵を集めると、下邳の敗亡を告げ、

「敵兵に殺されたくないと想い、いますぐ城をでて故郷に帰りたい者を、止めはせぬ。しかし敗兵のままでは、帰路が危険であるし、今日までわれに従ってきた意気が虚しくなる。そこで、曹操軍が寄せてきたら、ながながと防戦するまでもない。われの首を斬って、敵将にさしだせ。そうすれば、安全に投降できるし、その後も、敵兵に狙われずにすむ」

と、さとした。おどろいた城兵のひとりが、

「それこそ、魯相に従ってきた意気が虚しくなるではありませんか」

と、声高にいった。

「そうはならぬ。戦いにおいては、負けるときも、敵に背をむけぬものだ」

訓告を終えた張遼は、雁門兵に、これで城外へ逃げる兵はいまい、と小声でいった。うなずいた雁門兵は、

「さきほどの訓戒は、名言です。あなたさまのおもいやりによって、すべての城兵が救われるでしょう。それによって、あなたさまも救われることになるでしょう」

と、しみじみといった。

呂布の属将のなかで、張遼だけが、いまだに魯県の城を守り、しかもひとりの城兵も逃げださないというふしぎな報告をうけた曹操は、

「けなげなやつ」

と、うれしげにいった。曹操は人の能力を優先し、旧悪には目をつぶって、人材を集めてきた。が、自身は人からうけた恩をけっして忘れない性質をもっている。張遼のように、頽勢（たいせい）のなかにあっても忠誠をつらぬこうとする将を、本質的には好んでいる。

そこで曹操は、魯へむかう将に、

「城を攻めてはならぬ。張遼をねんごろに説け。いや、それでも降るまい。あの者は、かつて、天子の宮殿を警護していたときく。張遼の降伏を天子がお望みである、とはっきり伝え、わが書翰（しょかん）をかれに読ませよ」

と、いいふくめた。すでに曹操は、長安からもどった献帝を庇護し、自身は三公のひとつである司空の位にある。

十日後、魯城は曹操軍に迫られた。が、その軍は城を包囲しなかった。曹操の書翰をたずさえた使者が、城内にはいり、張遼に面会した。

「わが主である司空の書翰です。ご披見を――」

と、使者はいった。一読した張遼は感動した。曹操はじつによく張遼の経歴を知っていた。

「いまや幷州兵を率いるのは貴殿しかおらず、その勇猛さを、天下のためにつかっていただきたい」

このことばのなかに、われは幷州兵の苦難を知っているという曹操のおもいやりがかくされている、と張遼は感じた。張遼が幷州をでる際に属き従った兵のなかで、今日まで離れずにいる八十人にむくいることができる、という悦びだけではない。幷州刺史であった丁原に率いられて上洛した幷州兵は、その後、董卓の配下に置かれ、さらに属将に付属させられた。呂布が董卓を斬ったことで、怒った属将は軍中にいる幷州兵をのこらず虐殺したのである。その悼みさえ、曹操が察してくれるのであれば、もはやその心遣いに感謝するしかない。

張遼は使者にむかって頭をさげ、両手をうしろにまわした。

「われを縛って、司空さまのまえに、ひきすえられよ」

が、使者は表情をやわらげ、

「貴殿は罪人ではない。むしろ賓客のごとくお迎えせよ、と命じられています」

と、なごやかにいった。

すみやかに張遼は曹操に降った。

「おう、きたか」

破顔した曹操は、その誠実な勇をたたえ、すぐさま張遼を、中郎将に任じた。中郎将は帝都にある宮城の警備が職掌である。張遼が歴史の表舞台にのぼるきっかけがこれであった。

やがて張遼は曹操軍の将として外征し、戦うたびに勲功を樹てた。幷州全体を背負っているかのような責任感を秘めていたのかもしれず、また、肩身の狭かった先祖を喜ばすために戦場で大いに働いたのかもしれない。曹操の最大の敵となった袁紹が亡くなったあと、後継争いをしていた袁譚と袁尚という兄弟をそれぞれ破ったこともある。

その兄弟が滅び、荊州の劉表が死去したあとに、残った英雄は、曹操、孫権、劉備という三人となり、魏・呉・蜀の三国時代の原型が形成された。

張遼の驍名が天下に知られただけではなく、歴史に残ったのは、曹操軍が孫権軍

に大敗した赤壁の戦いの年からかぞえて七年後の、合肥（魏の揚州）における攻防戦のなかで発揮された敢勇による。

合肥は、呉との国境から遠くなく、魏にとっては南方防衛の最重要拠点である。そのため、この城には張遼のほかに楽進、李典といった良将が配置された。城兵の数は七千である。

この年、曹操は張魯の討伐のために西方へ征った。

張魯は初期の道教というべき五斗米道をもって、益州最北部の漢中郡に宗教国家を建設し、その教祖として郡民を支配していた。五斗米道は黄巾とちがって革命的色彩をもっていないが、中央政府の威令にしたがわない点ではおなじなので、張魯の支配を排払しておく必要があった。

征途につくまえに、曹操は、軍の主力が西方へ移動すれば、呉の孫権が江水を越えて北進し、国境を侵すであろうと予想した。そこで、張遼らにひとつの函を与えておいた。念のため、函のふちに、

「賊がきたら開け」

と、署しておいた。賊とは、この場合、呉軍を指す。曹操が皇帝を擁しているかぎり、曹操軍だけが官軍であり、孫権軍と劉備軍は賊軍となるはずである。が、歴史における正義と正統さは、革命期と戦乱期では、大いにゆらぎ、定理をもたない

といってよい。

それはさておき、はたして、孫権に率いられた呉軍が合肥に寄せてきた。その兵力は、なんと十万である。城を包囲しはじめた呉軍を瞰た三将は、目語しあい、函をひらくことにした。なかには、命令書があった。こういう文である。

「もしも孫権が至れば、張遼と李典は軍を率いて出撃せよ。楽進は護軍を守ればよく、ともに戦ってはならぬ」

文中にあった護軍というのは、官職名で、遠征中の諸将を監視する任務を負っている。この場合、護軍とは、曹操からさずけられた函を合肥にとどけた薛悌をいう。

三将は顔を見合わせた。

――どういうことか、解せぬ。

と、いいたげな顔である。

張遼は血のめぐりのよい男である。交易商人であった遠祖の血がまさしくかれにまでつながっていた。

「曹公は遠征中で、国外におられる。救援の軍がここに至るころには、呉軍がこの城を落としていよう。それゆえ公は、敵陣が完成しないうちに出撃して、その勢いを殺げ、と命じられたのだ。成敗の機は、この一戦にある。ためらっている場合ではない」

張遼はほかの二将の困惑を截ち切るほど強い声でいった。ちなみに張遼がつかった成敗という語は、成功と失敗のことである。

李典も戦いの呼吸がわかっている将であり、すぐさま、

「半日ためらえば、それだけ早く、われらは死の淵に足をいれることになろう」

と、いい、張遼の意見に賛成した。

「よし、きまった」

この夜、張遼は出撃する自分に従う勇気のある兵を募り、八百人を得た。それをみた李典は、

「この八百人で、十万の兵を撃つ。後世の語り草になろう」

と、苦笑をまじえていった。この苦笑が、張遼にまさるともおとらない豪胆さを表していた。

「明日は、早朝から昼すぎまで、飲食するひまはないぞ」

張遼は牛をつぶして、その肉を八百人にふるまった。

夜明けとともに張遼と李典は八百の兵を率いて撃ってでた。この決死隊は規模の小ささがいわいして縦横無尽に兵間を動きまわることができ、敵の兵鋒の巣にさし入りにくかった。つねに張遼は先頭に立ち、敵陣に斬り込んだ。やがて数十人の敵兵を殺し、二将を斬った。さらに塁を衝き破って、孫権がいる牙旗に近づいた。

大軍であることは、反応が鈍いものでもあるが、その出撃の意図を、呉の将士はつかみきれず、孫権への報告がおくれた。

それゆえ孫権は魏の決死隊に肉薄されるまで、いのちにかかわる危険を感じなかった。

張遼の大声をきき、はじめて魏の将士が自分にむかって突進してくることを知った孫権は、大いに愕き、うろたえた。

とにかく孫権は逃げた。

小高い丘があり、そこに走り登った。どこでつかんだのか、自分の手には長い戟があり、ふりむいた孫権はそれを構えた。

張遼の声だけが追ってきた。

「おりてきて、戦え」

そうどなった張遼が丘を駆けあがらなかったのは、頂上までの間に、呉兵がすくなからずいたせいであろう。

孫権は動かなかった。おびえて、動けなかったのかもしれない。やがてかれは張遼に従属している兵の数がすくないことに気づき、ようやく落ち着きをとりもどすと、

「敵は寡兵であるぞ。とり囲んで、殲滅せよ」

と、命じた。

　半時後には、張遼とその配下の兵は、幾重にも包囲された。むしろ、ここからの張遼の闘撃のほうが壮絶であった。右に左に動いて、寄せてくる敵兵を払いのけ、直進して、ついに包囲を突破した。張遼のあとにつづく数十人の兵も活路をひらいた。が、走り去ろうとした張遼の耳に、

「将軍はわれらを見棄てるのですか」

という声がとどいた。

　──あの声は……。

　左官の声、というより、もとの雁門兵の声である。あの者を見棄てると、われは天に見棄てられると感じた張遼は、迷うことなく引き返して、またしても囲みを破り、残りの兵のすべてを救いだした。

　この超人的な武勇をまのあたりにした呉兵は、呆然とし、もはや張遼に迫る者はいなかった。戦場には、たまにこういうふしぎな時間と空間が生ずる。

　張遼は帰城した。この瞬間が、伝説の源となった。

　隊の先頭に立ちつづけた張遼の働きは、たれがみても神功といってよい。諸将は深い感動につつまれて、張遼を迎えた。

　気勢を殺がれた呉軍は、十日余り城を包囲したが、意気があがらず、この一撃は利いた。それをみた張遼はすかさず城をでて孫

権を急撃したが、あと一歩で、捕獲しそこなった。

孫権にそこまで迫った魏将は、張遼を措いてほかにいない。将として累進していた張遼は、この功烈によって、征東将軍にひきあげられた。曹操の死後、曹丕（文帝）の時代になると、晋陽侯に封ぜられた。ついに侯国の主になったのである。ちなみに晋陽は并州の太原郡にある。故郷に錦を飾ったとい

うべきであろう。

死去したのは、黄初三年（二二二年）である。享年は五十四であった。

鍾繇
<ruby>鍾<rt>しょう</rt></ruby><ruby>繇<rt>よう</rt></ruby>

降って湧いたような災難である。

鍾繇の父の鍾迪は、党人につらなる者として、官職を失った。かれは頴川郡の郡府にあって主簿（文書管理官）をつとめていたが、それを罷めざるをえなくなり、長社県の家にもどって謹慎した。

ちなみに鍾迪は鍾繇の祖父であるという説もあるが、やはり父であろう。

鍾繇の父の鍾迪は、

「党人とは、なんぞや」

鍾迪はおのれの胸をたたいてくやしがった。

党人とは、皇帝に近侍する宦官が妄想によってでっちあげた反政府集団のことで、そのようなものは、どこにも存在しない。

宦官はおのれの威権を侵害しそうな有名人、知識人などをあらかじめ排除し、二度と起きあがれないようにするために、奸譎な策を弄し、しかもその策を皇帝の命令にすりかえることすらやってのけた。

党人の首領と目されたのが輿望のある李膺であり、かれの姑が鍾迪の伯父の妻であったことから、李膺から遠いところにいる鍾迪にまで、禍いがおよんだ。

「これでわれの官途は永久に閉ざされた」

そう嘆いて肩を落とした鍾迪は、復職をあきらめた。収入の道もふさがれたため、家のなかは暗くなる一方であった。

こういうときに、族父というべき鍾瑜が、ようすをみにきた。かれは落胆している鍾迪に、

「党人として逮捕され、拷問されている者がすくなくないときいた。そなたが蟄居だけですんだのは、不幸中の幸いというべきであろう」

と、なぐさめの声をかけた。その後、しんみりと雑談をするうちに、鍾瑜が洛陽に上ると知った鍾迪は、

「お願いがあります。繇をおつれくださいませんか。洛陽をみせてやりたいのです。わたしはこのさき、洛陽に上ることはないでしょうから」

と、いい、深々と頭をさげた。このとき鍾繇は十七歳である。ちなみに鍾繇には鍾演という弟がいるが、さすがにその弟には宿泊をかさねてゆく旅行はむりであるし、ここでその名もだせば、あつかましすぎた。

「繇とは、あの子か……」

鍾瑜はいやな顔をしなかった。すでに鍾瑜は鍾繇をみたことがあり、体格が貧弱ではなく、容姿も悪くなかったので、好感をもっていた。

二日後に、鍾繇は馬の背にまたがった。むろん口取りの人がいるので、自身で馬を御する必要がなかった。

他の郡県からみれば、潁川郡は洛陽のある河南尹に隣接しているので、長社から洛陽へゆくことは、隣家へゆくようなものだとみえるであろうが、潁川郡からでたことのない鍾繇にとってはわくわくするような大旅行であった。

長社県は潁川郡の北部にある。北へすすむとすぐに河南尹にはいる。ちなみにその郡は前漢の時代には、河南郡、と呼ばれたが、後漢王朝を創立した光武帝が在位のあいだに、河南尹と改称された。なおその郡を治める太守も河南尹と呼ばれたので、多少のわかりにくさが生じている。

河南尹の管城に到ると、道を西へとり、成皋を経て洛陽へむかうことになるが、途中には川が多い。

庶民の旅行では、官吏がつかう駅舎、伝舎を利用できないので、民泊をさせても らう。管城をすぎて泊まることになった民家の主人は、鍾瑜と顔なじみであるらしく、あれこれ親切に気をつかってくれた。旅行者は食料を持参するのは当然のことであり、蒸烹の用具や食器も自前である。が、ここの主人は食材を用意し、蒸烹も

手伝ってくれた。

「旅行中に旨い物を食べられるのは、ここだけだ」

と、鍾繇は鍾瑜に笑顔をむけた。

食事が終わるころに、室内にはいってきた主人は、鍾瑜の横に坐って、

「珍客が泊まっていますよ」

と、耳うちをした。

その珍客とは、人相を観てその人の未来を予言する相者であるという。観相は春秋時代からはじまったと想えばよく、その時代の末に姑布子卿という達人がいた。さらに戦国時代の末に許負という名人がでた。宿の主人がいった相者は、きいたことのない名であるが、

「よくあたると評判ですよ」

ということであった。

鍾瑜は苦笑した。この歳になって、未来の吉凶を知りたいとはおもわない。だが、まなざしを鍾繇にむけた鍾瑜は、急に苦笑を斂めて、

「あの子を観てもらおうか……」

と、いい、鍾繇にむかって手招きをした。

ほどなく鍾繇は相者のまえに坐った。

相者は長髪の男である。許負もそうであったように、占いをおこなう者は総じて頭髪が長い。許負に関しては、その異常な長さから、女ではないか、と疑われた。

古代から、細く長いものに神がおりてくると信じられている。馬のたてがみや箸などもそれに準じている。

相者の顔は、なかば髪でかくされていた。

眼前の鍾繇をみつめていた相者は、ぞんがいさわやかな声で、

「この童子には貴相があります。しかし、まもなく水難に遭いますから、くれぐれも注意をおこたらぬように」

と、いった。

見料を支払った鍾瑜は、たったそれだけの占いか、とものたりなさをおぼえた。

翌日、宿をでて十里もすすまぬうちに、橋があり、それを渡りはじめると、鍾繇を乗せている馬が、突然、なにかにおどろいたらしく、あばれた。ふり落とされた鍾繇のからだが、宙に飛んだ。なんとそのまま川に墜落していったではないか。あっ、と息をのんだ鍾瑜は、いちど水中に沈んだ鍾繇が浮きあがってきたのを瞰るや、

「早く、助けよ——」

と、従者に指示した。

強い水勢によってながされた鍾繇は、もがき、溺死しそうになった。が、危険を冒して川のなかにはいった鍾瑜の家人の手で圷にあげられた鍾繇は、水を吐き、息をふきかえした。

その一部始終をはらはらしながら観ていた鍾瑜は、ふとわれにかえり、

──これが、相者のいった水難か。

と、戦慄するように想った。すると、相者の予言にあった、

「貴相」

も、実現することになるのではないか。いつの日か鍾繇が王朝における貴要の地位にのぼれば、鍾氏の族の全体が栄えることになる。そう予想した鍾瑜は、このときから鍾繇を観る目を変えた。

洛陽にはいった鍾瑜は、鍾繇を馬からおろして、

「よく、土を踏んでおくように」

と、いった。地の神は、地表を踏んだ者を憶えていてくれて、いつかかならずその者を招いてくれる。鍾繇に洛陽の地を踏ませてやりたいと意った父の深心には、それがあったことを、鍾瑜はおしえた。

すると鍾繇は地に膝をつき、手で地面をたたいて禱った。なぜ足をつかわず手をつかったのかと問われた鍾繇は、

「足で地神に訴えるのは、失礼だとおもいましたので」

と、おずおずと答えた。

「そうか……」

　鍾瑜は微笑した。じつは、地上で足を踏み鳴らすのは、地神にたいして失礼ではない。地中にあって生気を失っているものをよみがえらせるときに、足踏みをする。地中に沈んだ死者の霊に呼びかける際にも、地を踏む。その行為は、舞踏の踏にあたる。それを舞踊の踊という文字にかえてしまうと、地への働きかけがうすらいでしまう。踊は、はねる、という行為であり、踏むとはちがう。とにかく、足をつかっては地神に失礼になると感じた鍾繇の感性を、鍾瑜は否定するどころか、

　――この子は、礼儀に厳格になろう。

と、好意の目でみた。

　都内で用事をすませた鍾瑜は、長社県に帰ると、鍾迪に大いに感謝された。が、むしろこの旅でひとつの宝をみつけたおもいの鍾瑜は、居ずまいのよい鍾繇をゆびさして、

「良い旅をさせてもらったのは、われのほうだ。あの子は、たいそうみこみがある。学問に専念させてやってくれ。学資はわれがだそう」

と、いって、鍾迪をおどろかせた。

なにくれとなく鍾瑜に援助された鍾繇は、その恩に報いるべく、ひたすら学徳を積んだ。

学力だけではなく礼儀正しさも評判になったこともあって、ついに孝廉に推挙された。

孝廉は、王朝が人材登用のために設けた選挙科目のひとつで、年に、二十万人にたいしてひとりしか推挙されない。こういう難関を突破すれば、高級官僚への道が拓ける。この朗報をもっとも喜んだのは、いうまでもなく、鍾瑜である。鍾繇はすぐに鍾瑜に会って、

「どうすれば、ご恩返しができるでしょうか」

と、問うた。鍾瑜はおだやかに笑い、

「そなたが謹直に氏名を高めることだ。それがわれらの族の名を広く知らしめ、われの誇りともなる。ほかになにが要ろうか」

と、いい、みかえりを求めなかった。

昔から族は互助集団という性格をもっている。後漢王朝を創立した光武帝も、そういう血縁集団のなかにあって、親戚に助けられ、あるいはかれらを助けるという

へ、天下統一をなしとげた。

洛陽にのぼった鍾繇は、以前、手で地をたたいた場所を憶えていて、そこで馬を

おりると、膝をついて、

「ふたたびこの地を踏ませてもらいます」

と、地神に感謝の辞をささげた。

官途についた鍾繇は尚書郎となった。郎は属官ではあるが、官僚の候補であり、

叙任を承けて、地方の県令（あるいは県長）に転出するのが定則である。

鍾繇はその定則通り、陽陵県の令に任命された。が、罹病したため、赴任したあ

とすぐに罷めた。陽陵とは前漢の景帝（劉邦の孫）の陵墓で、その陵墓を守る意図

もあって、政府はその地へ移住する者を募り、住民を優遇する施政のもとに、あら

たな県をつくる。そのようにできた陽陵の位置は、長安の北で、長安からさほどは

なれていない。長安は前漢王朝の首都であったとはいえ、廃墟同然で、とても人が

住める状態ではなかった。

長社県の自宅へもどった鍾繇は、療養生活をおくったあと、霊帝の崩御を知った。

すっかり恢復した鍾繇は弟の鍾演に、

「天子の死を喜ぶわけではないが、あらたに践祚なさるのは何皇后の御子であり、

その幼帝を輔弼するのは皇后の兄の何進大将軍だ。何進は、昔の梁冀とちがって、

悪辣（あくらつ）な外戚ではなく、宦官（かんがん）に妥協（だきょう）しない。ひさしぶりに善政を期待できる」

と、明るい未来をみるようにいった。

そう予想したのは、鍾繇（しょうよう）ひとりではあるまい。累代（るいだい）の皇帝をあやつってきた宦官の恣欲（しよく）に苦しめられた家の子弟のすべてが、賢臣の意見に耳をかたむけるといわれる何進の公平な政治に期待した。

だが、宦官が駆逐された官界が好転したのは、わずかな間で、無力になったとおもわれていた宦官に何進が暗殺されたあとの闘争は烈しく、まためまぐるしく、

「なにが、どうなっているのか、よくわからぬ」

と、鍾繇は弟をつかって情報を蒐（あつ）めた。

何進が暗殺されてから五か月後の初平元年（一九〇年）の正月には、各地で、

「打倒董卓（とうたく）」

という旗を掲げた義兵が決起した。

西方の梟雄（きょうゆう）といってよい董卓が、大混乱の洛陽に乗り込み、またたくまに朝廷をおさえ、王朝の運営を擅断（せんだん）するようになった。その横暴さに反発するように、山東（さんとう）の郡守が挙兵した。

なお、山東という地区名は、すでに春秋・戦国時代からあり、山の東の広域をいうが、その山とは、古くは太行山（たいこう）を指していたであろう。のちに、華山（か）あるいは崤（こう）

山より東を山東というようになった。むろん、長社県がある頴川郡も山東のなかにある一郡であり、頴川郡を監督する豫州刺史の孔伷は、董卓の悪政を指弾して兵を挙げた。

「ここは洛陽から遠くないので、まっさきに戦場になりますよ。避難先を考えたほうがよいです」

と、いった鍾演は落ち着かない。

「そうだな……」

すでに父母のいないこの家の長は鍾繇であり、家族の安全の確保はかれの裁量にゆだねられている。それだけに慎重になった。

父祖の地を棄てたあと、避難先の選択をあやまれば、すべてを失い、いのちさえ失いかねない。山東の諸将はこれから董卓軍と戦うつもりなので、戦いがない地といえば、

――南方しかない。

と、鍾繇は想った。頴川郡を西南にでて、荊州にはいり、その州内の諸郡をさぐりながら、安住の地を求めて南へさがってゆくしかない。が、そういう流寓漂泊の末に明るい未来があるとは、とても想像できない。目的地をもたずにさまよっていると、盗賊に襲われる危険が大きく、食料が尽きて、のたれ死にするかもしれない。

南方へゆくほうがよさそうだと想っても、そちらに知人も友人もいないのがつらい。

——そうだ。

知人は、まえに赴任した地である陽陵県にいるではないか。長い間ではないが、県令の任にあったとき、気心の通じた属吏がいた。また、いちど踏んだ地を守っている神は、その者を憶えていて加護してくれる。

「どうだ。陽陵県へゆかないか」

鍾繇が弟にいうと、あきれられ、猛反対された。長安に近い県は、弟にいわせると、治安の悪い西方にあってきわめて危険である。

「そうかな……」

天下大乱のきざしを感じている鍾繇は、どこへ避難しても、安全なところはなく、むしろみなが危険だと想っているところのほうが、じつは平穏である、という奇想をもたないと生きのびられないのではないか、と意いはじめた。

避難先を決められないまま半月が過ぎたとき、おもいがけなく中央政府から辟召をうけた。三公の府から辟かれたのである。ちなみに三公とは、太尉、司徒、司空をいい、この三者が王朝運営の主幹である。

この瞬間、鍾繇は、

——洛陽の地神に招かれた。

と、直感した。鍾繇を呼んでいるのは、人ではなく、地の神である。そう信じた

鍾繇は、

「洛陽へゆく。天子をお助けするのだ」

と、厳乎といい、弟と妻子を驚愕させた。

「いま洛陽へゆけば、董卓の悪業を手助けすることになります。山東の諸将が連合

して兵を西進させれば、かならず董卓は滅びます。それでも、洛陽へゆかれるので

すか」

弟は兄に食ってかかった。が、鍾繇は平然と、

「よいか、よく考えてみよ。いま天子は董卓のもとにおられる。その限りにおいて

は、山東の諸将は、たとえ正義を標榜しても、天子にむかって叛旗をひるがえした

賊になるのだぞ。かれらのほうが正しいという天命がくだるのは、いつであろうか。

それまでわれは賊に頼ることはせぬ」

と、胆気のある声でいった。

かれの脳裡には、およそ四百年まえの秦王朝末期の大乱の図がある。二世皇帝の

悪政にいきどおった各地の有力者がそれぞれ挙兵したが、かれらはうまく連合でき

ず、いくつかの興亡を経て、項羽と劉邦というふたりの英雄だけが残った。項羽の

ほうが圧倒的に優勢で、天下を支配する威権をつかんだのに、天命は劉邦にくだっ

た。まもなくはじまるであろう大乱も、それに似たような構図になるのではないか。

歴史から学んだことを活かしてこそ、ほんとうの学問といえる。

鍾繇の強い眼光から目をそらした鍾演は、

「わかりました」

と、みじかくいい、しぶしぶ同意した。南でなく西へゆくという決断が、一家の命運を左右したことはいうまでもない。が、のちのことを想えば、地神を信じた鍾繇の心の純真さが、かれと家族を護り、活かしたといえるであろう。

しかしながら、洛陽へゆくことによって、苦難からまぬかれたわけではない。むしろ苦難に飛び込むことになったといったほうがよい。

鍾繇が家族を率いて洛陽に到着したのは、二月である。

董卓の独断によって王朝人事がめまぐるしく変わるので、三公も交替があった。太尉の黄琬は罷免されてその地位に趙謙が昇り、司徒の楊彪は王允に替えられた。荀爽だけが司空のままである。荀爽が潁川郡の出身であることを想えば、おそらく鍾繇を辟いたのは荀爽であろう。ちなみに、この初平元年に荀爽は六十三歳であり、鍾繇は四十歳である。

鍾繇は洛陽城内にはいるまえに、弟と顔をみあわせて、

「これは、どうしたことか」

と、不可解な光景をいぶかる声を揚げた。なんと続々と城外にでてくる大小の集団があるではないか。門のほとりはそういう人たちで騒然としている。眉をひそめた鍾演は、

「みな、洛陽から逃げだしているのでしょうか」

と、いった。

「そうかな……」

白昼、都民の逃亡を官憲がみのがすはずがない。

城内には門が多く、家族をともなったまま府中にはいることができないので、門外で待っているように指示した鍾繇は、司空府をみつけて報告をおこなった。辟召をうけて洛陽に到着したことを告げたのである。

府中の光景も奇妙である。多くの官人たちが、かたづけのために右往左往している。ほどなく事務室にはいって待つことになった鍾繇は、室内になにもないことにおどろいた。自身が容易ならぬ事態のただなかにいることはまちがいない。

やがてあらわれたのが荀爽であった。かれはせわしい足どりで鍾繇に近づき、

「そなたが鍾繇か。まにあってよかった。明日、天子は長安にむかってお発ちになる。とにかく今日は官舎にはいり、明朝、掾史（えんし）としてわれに従って洛陽をでるように」

と、おしえた。

「あっ、遷都ですか」

「そうだ」

この荀爽の声は、もう遠かった。多忙そのものの荀爽の姿はまたたくまに消えた。

家族とともに官舎にはいった鍾繇は、

「そういうことか……」

と、つぶやき、なんども自分の拳で腿を打った。

「どういうことですか」

と、答えた。

この鍾演の問いに、鍾繇は苦笑しつつ、

「われは、陽陵の県令として在任中に、荒廃した長安を観に行った。長安の地を踏んだということだ。地神はそれを憶えていて、われを招いている」

「まさか」

鍾演は軽く嘲った。

「ふっ」

と、鼻で哂った鍾繇は、

「人を頼むよりも地神を頼る者は、天下のなかでわれしかいないだろう。地神がな

にをしてくれるのか、となんじはわれにあきれているかもしれぬ。だがな、演よ、われ

信ずるということは、理屈の外にあり、それゆえにふしぎな力をもっている。われ

は礼を尊び、理を好むが、礼も理も棄捐される世を生きのびてゆくためには、人界

の外にあるものを信じなければならぬ。秦末の乱世を生きた漢の高祖がほんとうに

信じたのは、地神だ。われはそうおもっている」

と、いった。これは、弟におしえたというより、おのれの信念にゆるぎがないか、

たしかめたのであろう。

鍾演は父が亡くなったあと兄に養われた。父よりも兄のほうが厳格であった。そ

れでも兄の能力は父を超え、一族のなかでひときわ秀でていることを認めざるをえ

なかった。兄にたいする妬心がないとはいえないが、嫌悪したことはいちどもない。

心のどこかで、

　──兄は正しい道を歩きつづけるだろう。

と、おもっていて、ついてゆくしかない自分を感じている。

翌朝、鍾繇は洛陽をはなれた。かれは門外にでるまえに、手で地面をたたいて、

「かならず、もどってきます」

と、心のなかで地神に呼びかけた。だが、まさかこのあとに、洛陽城が董卓によ

って放火され、宮殿ばかりか民家もことごとく破壊されて、人の住めぬ地になろう

とは想わなかった。それでもここの地神は、鍾繇の誓いをきき、かれを帰還させるべく、加護しつづけたといえるのではあるまいか。

むごい仕打ちである。

官人と庶民を西へ追いたてた董卓は、かれらへ食料の供給をおこなわなかった。

——もしかすると……。

董卓は天子をも飢え死にさせようとしているのではないか、と鍾繇は想像して戦慄した。三月に長安に到着したが、庶民はもとより官人もすぐに飢えはじめた。

城内には王朝としての機能をはたせるような建物はほとんどなく、官人と庶民は、竪穴式の住居を建てるのがやっとであった。

荀爽から、

「禾穀を集めてもらいたい」

と、いわれた鍾繇は、食料調達のために長安をでて近隣の県を走りまわった。集めても集めても食料が充足しない現状をみた鍾繇は、

——これでは家族を養えない。

と、飢餓を恐れ、家族を連れて、陽陵へ往った。往時、自分の下にいた吏人を訪

ね、頭をさげて家族をあずかってもらった。ただし弟の鍾演だけは長安に残した。

肩の荷をおろしたおもいの鍾繇が長安にもどると、荀爽が病死していた。五月で

ある。鍾繇は呆然自失して涙をながしつづけた。

司空府の長官の席はしばらく空いていたが、六月になって、光禄大夫であった種

払が昇格してその席についた。

王朝の人事を擅断している董卓が長安に到着しておらず、焼き払った洛陽城から

遠くない地に軍を率いて駐屯し、幕府を設けているため、連絡にてまどり、決定が

遅れるという実情がある。

種払は洛陽の出身である。父の種暠は順帝と桓帝の時代の名臣といってよく、富

家に生まれながら自分が家主になると家財を散じて清廉に徹した。地方に転出して刺史を歴任したが、住

らは、侍御史に昇り、硬骨ぶりを発揮した。地方に転出して刺史を歴任したが、住

民に敬慕された。その後、紆余曲折があって、ついに司徒まで昇った。かれには種

たりの子があり、上を種岱といい、下が種払である。ちなみに種岱は公府から辟召

召されたが出仕せず、病に罹かって死去した。弟である種払は、履歴についていえ

ば、司隷従事からはじまった。そのあと南陽郡の宛県の令となった。これはかなり

の優遇であろう。宛県ほど豊かな県は全土に多くない。

「政務に能あり」

と、種払は称められた。行政に長けていたということである。行政の巧拙は、知識力や事務能力ではかられるものではない。その基礎には正しい倫理があり、その上に官民を納得させる平衡感覚がある。官と民のつりあいをとってゆかないと行政は円滑にすすまない。

そういう目くばりと気くばりをそなえた能力を認められて中央政府に呼びもどされた種払は、累進して司空まで昇ってきたのである。

かれは府中にはいってくると、属官を集めて、貌と氏名を確認した。鍾繇の氏名をきくと、足をとめて、

「そなたは鍾季明の孫か」

と、いった。

「そうです」

鍾繇は声を張って答えた。

鍾季明は、鍾繇の祖父で、季明はあざなである。本名は皓といった。詩と法律にくわしい学者で、門下生の数は千をこえていた。郡の功曹になったあと、司徒に辟召されて、その属官になった。が、官界での栄達を望まなかった人である。

「季明は賢人を推薦し、また、有罪になりそうな同僚を救ったときく。そなたにはそういう祖父の善行の余慶があろう。ただし、それにあまえず、励め」

そうことばをかけられただけの、鍾繇は人をや

わらかくつつむような高雅さがあったが、率先して

難事にぶつかってゆく型なのであろう。

どちらかといえば、鍾繇は郤払に近いが、じつは学者の血もうけついでいた。も

っといえば、芸術家しかもちえない感性をもちあわせていたが、それについては、

この時点では、自覚していなかった。

さて、天子の威光を翳らせる存在である董卓を誅殺するという計画が、荀爽と王

允のあいだでひそかに立てられていた。が、荀爽が病死したことによって、王允が

ひそかな推進者となった。そういう計画を董卓は察知しないものの、用心深いかれ

は、翌年の四月に長安に到着すると、城内には住まず、城外に自身のための小城を

築いて、長安とはすこし距離をおいた。

六月に地震があった。

古代から、天変地異は天子の政治が悪いことを咎めるものとされている。天譴と

いいかえてもよい。しかしながら、天子に反省させたり、引責させたりすることは

できないので、天子を輔佐する大臣がかわって責任をとることになった。

この地震で、郤払が罷免された。かれはほどなく太常（儀礼と祭祀の統括者）に

任命されたが、上司が替わったことで、鍾繇は気落ちした。

新任の司空は淳于嘉である。青州済南国出身のこの人物は、

――えたいが知れぬ。

と、鍾繇は用心した。淳于嘉は官界の遊泳術に長けているようであり、ひそかに

董卓に通じているかもしれない。

が、鍾繇はまぎれもなく能吏であり、上司からみると安心して仕事をまかせられ

る属官なので、淳于嘉に遠ざけられることはなかった。

董卓は属将をおもに東に配置して長安への道を封じた。そのせいであろうか、長

安城内には交鋒の音がきこえず、まがりなりにも平穏のまま、あらたな年を迎えた。

「東方の諸将は、なにをやっているのだろう」

と、鍾演はふしぎがった。かれらは董卓打倒を標榜したにもかかわらず、たれも

長安にむかって進撃してこない。

「東方の諸将が心をそろえ、力を結集して、西進することなど、できはしない。か

れらは欲望をむきだしにして争いつづける。強弱がはっきりするまで、時がかかる。

その間、董卓はなにもせず、その争いを遠くからながめているだけだろうよ。まさ

に漁父の利だ」

と、鍾繇はいった。

山東における闘争についての風説は、多少長安までながれてくる。

山東は群雄割拠という現状である。それなのに諸将が輯睦して軍事的な志向と手段を一致させるなどという奇蹟を想像することが、すでに妄想なのである。鍾繇が歴史から学んだことは、名門意識の強い将は、組織を堅牢にしようとするあまり、無名にちかい賢人や勇者を大胆に活用できない。それにあてはまるのが、袁紹と袁術である。ふたりはいま天下の興望をになっているらしいが、やがて項羽のごとく滅ぶであろう。ではたれが第二の劉邦となってこの大乱を鎮めるのか、この時点では、鍾繇も見当がつかなかった。

狡猾さにおいて、董卓にまさる者はどこにもいない。

となれば、当分、董卓が王朝を牛耳ることになろう。

是非を論ずる立場にいないし、たとえ高官であっても、董卓をわずかに非難しただけで、たちどころに首を刎ねられるとあっては、口をつぐんでいるしかない。

が、この王朝には、董卓のぬけめのなさをうわまわる深謀遠慮の人がいたのである。

司徒の王允が、その人である。

かれは洛陽にいるときから董卓を斃すことを意いつづけ、董卓にもっとも篤く信頼される地歩を築いたあと、董卓に子のごとく愛幸されている呂布に勤皇の心の尊さを説いて自分の側に引き込んだ。

このふたりの密計はあざやかに実現した。

四月、小城をでて長安城にはいった董卓は、呂布に殺害された。

この日、天子である献帝の快気祝いがおこなわれるため、三公九卿がすべて集まった。属官である鍾繇は宮殿にはゆかず、司空府にいたが、董卓が誅殺されたとき

「まことかや」

いて、おのれの耳を疑った。すぐに、

——董卓は人に殺されたというより、地神に誅されたのだ。

と、感じた。長安という地が董卓を嫌った。もしも董卓が長安の地をいたわっていれば、むざむざ暗殺されるようなことはなかったであろう。鍾繇の目のつけどころは独特である。

やがて都内はお祭り騒ぎになった。すべての都民が圧政者の死を知り、祝賀の気分に酔い痴れた。が、鍾繇はそういう喧騒に背をむけ、

——地神に感謝すべきだ。

と、独り地に坐って地面をたたき、酒をたらして禱りをささげた。

六月、長安城は董卓の属将に率いられた軍によって包囲された。そのさなか、弟

の鍾演が罹病した。

なかなか回復しないどころか、病が篤くなるばかりなので、ついに鍾繇は上司にことわり、欠勤して看病にあたった。

三昼夜、一睡もしないで看病し、疲れのために意識が朦朧となりながら、

「どうか、弟をお救いください」

と、心のなかで地神に嘆願した。すると、ふしぎなことに、黒衣の人物が家のなかに無言ではいってきて、薬を調合するような手つきをし、匙を弟の口にふくませた。

「あの……、どなたでしょうか」

と、鍾繇が問うと、その人物は消えた。

直後に、鍾繇は完全に意識を失った。弟の掌をにぎったまままねむりに落ちた。やがて、

「兄さん──」

という弟の声をきき、揺り起こされた。なんと鍾演が上半身を起こしているではないか。

「おう、おう」

鍾繇は感動して涙ぐんだ。死の淵へ隕ちてゆきそうであった弟の蒼白な顔に血の

気がよみがえっている。

「臥(ね)ていよ。臥ていよ。起きてはならぬ」

この兄の手をふりはらうような手つきで、鍾演はふたたび、

「兄さん——」

と、強くいった。外のようすがおかしい、と鍾演の目がいっている。

「む……」

ようやく意識がはっきりしてきた鍾繇は、屋外にでて、通りのようすをうかがった。通りには人影がまったくなく、ただ黒い煙がながれている。ほどなく武装集団が猛烈な勢いで近づいてきた。

——あれは官軍ではない。

と、気づいた鍾繇はすばやく建物の陰にかくれた。その五百人ほどの集団は都内の大路をまっすぐ南へむかった。かれらの旗にみおぼえがある。董卓の配下がつかっていた旗である。

——まさか……。

激しい動悸をおぼえながら、家にもどり、弟の枕頭(ちんとう)に坐った鍾繇は、

「董卓の属将に復讎(ふくしゅう)された。長安はかれらに制圧されつつある」

と、告げた。長安城は十余万の兵に包囲されても、たやすく陥落しないはずなの

に、八日で敵兵の侵入をゆるしてしまった。おどろいた鍾演はまた上体を起こそうとした。それを幣した鍾繇は、

「あわててもしかたがない。司空府にもどるのは、なんじがすっかり回復してからだ」

と、肚をすえなおしたようないいかたをした。城内になだれこんだ西方出身の兵は、むやみに放火しているわけではないとみた。焼かれたのは城門と政府の建物の一部であろう。司空府にかぎっていえば、淳于嘉が長官であるかぎり、建物も人も被害に遭わなかったのではないか。

——あの人には長く仕えたくない。

そうおもっている鍾繇に、

「兄さんが飲ませてくれた薬で、わたしは死なずにすんだのですね」

と、鍾演がしみじみといったので、鍾繇はそうけだった。なんじのいのちを救ってくれたのは、地神だ、と教えそうになって、口をつぐんだ。もしかすると、長安陥落の戦禍を避けさせるために、弟の看病にあたらせたのも、地神の配慮なのかもしれない。

三日後に家をでて司空府へむかった鍾繇は、長安城での攻防戦がおもっていたよりはるかに激烈で、吏民の死体が一万余もあったことを知った。太常の種払が敵兵

と果敢に戦って死んだときいて、

——あの人らしい。

と、内心讃えつつも、その死を痛惜した。多くの高官が戦死し、司隷校尉の黄琬
も殺害された。しかるに、淳于嘉はなにごともなかったかのように、平然と政務室
にいた。

——まるで妖怪だな。

淳于嘉をそうみた鍾繇は少々寒気をおぼえた。

董卓を撃殺したため、董卓配下に仇視された呂布は長安を脱出したらしいが、呂
布とともに逃去する道をえらばず献帝を護りぬこうとした司徒の王允は捕らえられ、
しばらくして処刑された。

王朝を武力でおさえたのは、董卓の下にいた数人の有力者で、すなわち李傕、郭
汜、樊稠、李蒙、張済などである。礼儀作法などをもちあわせていないかれらでは
あるが、さすがに献帝には手をかけなかったものの、献帝の意向をうかがうまでも
なく、李傕、郭汜、樊稠がかってに城内を三分して支配区とし、あらたに三府をつ
くった。それゆえすでにある三公の府にそれらがくわわって、六府となった。王朝
運営のために並列した六府が権限を分担したわけではない。実権は新設の三府に移
り、旧の三府は形骸化した。

　九月になると人事異動があり、淳于嘉は司空をでて司徒に昇りつめた。

――そういうしかけか。

　鍾繇にとって淳于嘉の昇進は意外ではない。想定の内にあることであった。かわって司空府にはいってきて長官の席についたのは楊彪である。袁術と姻戚関係をもつ人物であるが、そのあたりには李催らは目をつむったのか。

　袁紹と袁術という兄弟の未来に関しては、暗い図しか画いていない鍾繇は、楊彪を仰ぐ目にも冷ややかさがあった。

　李催、郭汜らが王朝の主導権をにぎった年からかぞえて二年後に、元号が初平から興平に変わった。

　この年か、次年のはじめに、鍾繇は抜擢されて廷尉正、黄門侍郎となった。廷尉は獄の管理もおこなうが検察を想えばよいであろう。正は長官をいう。黄門侍郎は天子の侍従である。

「不正を憎む兄さんに、廷尉はぴったりだ。王朝は死にかけているようにみえて、まだ人をみぬく目は生きている」

と、鍾演は大いに喜んだ。

「はは、死にかけているか……、たしかにそうだ。王朝の実権をにぎっている者が抗争をくりかえしていては、ほどなく磨耗する」

いまの天子とこの王朝にほんとうに忠勇をささげた者は、大半が死んでいる。天命はこの王朝から去ろうとしている。かつて董卓は山東の諸将が闘争しあって消耗することを、高みで見物しようとしたが、いまや、皇帝を威圧している李傕、郭汜らが勢力争いをくりかえしているため、この王朝の消滅を望んでいる袁紹と袁術のおもう壺である。

ちなみに樊稠とともに長安にはいった李蒙は、すでに李傕に殺され、樊稠はその驍名を李傕に嫉まれて、興平二年（一九五年）の春に殺害された。李傕と郭汜の盟友といってよい張済は一軍を率いて長安をでて弘農郡に駐屯しつづけた。かれには権力闘争を避ける賢さがあったといえる。それゆえ長安城内での争いは、李傕と郭汜というふたりの争いにほかならなくなった。

――天子をこのふたりから離したい。

献帝は元服したとはいえ、まだ十代のなかばである。いつなんどき、李傕と郭汜が放つ矢がその幼い玉体に中るかもしれない。献帝の近くに侍るようになった鍾繇は、それを恐れ、献帝を長安から脱出させる方法を考えるようになった。だが、たとえ献帝が山東へのがれても、擁護してくれる雄将がいなければ、各地をさまよったあげく斃死するしかない。献帝の死を望まず、迎えいれた者は、かならず袁紹か袁術の攻撃にさらされる。その大難をしのぎきる力をもっていなければならない。

――そんな英傑が山東にいるのか。

交通が杜絶しているので、山東の現状についてはまったくわからない。

こういうときに、はるばると難路をこえて、東方からやってきた王必という者が、天子への謁見を願いでた。

うさんくさげに王必を視た李傕と郭汜は、相談して、

「あの者は、曹操の使者であるという。ふん、山東ではかってに天子を立てようとしているのに、曹操だけがこちらの帝室に忠誠を捧げたいとは、まやかしとしかいいようがない。長安のようすをさぐりにきただけだ。追い返そう」

と、決めた。

このとき、王必にねんごろに接したのが鍾繇である。山東の現状を知っている人物を、むざむざ帰すのはもったいない。それに曹操についてもよく知りたい。

むろん鍾繇は曹操という名を知らなかったわけではない。曹家は祖父が宦官の大物で、父は銭を積んで三公の位を買ったという、かんばしくない評判がはりついている家である。そういう負の遺産を継いだ曹操が、どれほどの実力者になっているのか。

王必と対座した鍾繇は、開口一番、

「曹操どのは、袁紹の盟下にあって、ともにあらたな天子を立てる計画をもたれて

いる。

と、遁辞をゆるさぬ気魄で問うた。

だが、王必は曹操にみこまれただけのことがあり、いささかもひるまず、

「新天子の擁立は、袁紹どのの独創であり、わが主にはかかわりがありません。ま
た、その無理な構想はすでに潰えました。さらに、貴殿はわが主が袁紹どのの盟下
にあると申されたが、いまやわが主は兗州を占有し、早晩、徐州を兼有する勢いに
あって、袁紹どのの盟下にいるわけではありません」

と、胆気のある声で答えた。

「さようですか。しかしながら、山東の諸将は、董卓が擁立した天子を認めず、董
卓の配下が運営する王朝を無視しているでしょう。そのなかで曹操どのだけがこち
らに通じたとなれば、袋だたきにあいましょう。その覚悟の底にあるのは、なみな
みならぬ勤皇の志と侠気であると拝察しました」

「やっ、おわかりいただけたか」

王必は自分の膝を平手で打った。

すかさず鍾繇は上体をかたむけて、

「そこで、正直にお答え願いたい。あなたを長安へ送りだした人は、どなたです
か」

と、問うた。

王必は胸をそらして失笑した。

「わが主は曹操さまです。ほかにたれがわたしを送りだせるのですか」

「ですから、正直にお答えを、と申したはずです。使者となったあなたは、比類な
い宏図の端緒となったのです。それほど大規模な未来図を画いた人が、曹操どのの
近くにいたにちがいない。その人は、どなたか、と問うているのです」

「ほう──」

王必のおどろきがにわかに大きくなった。

長安の王朝と交通する道を拓け、という曹操の命令をうけてから、ねんごろに声
をかけてくれたのは、曹操の謀臣のひとりである荀彧である。

「都内のありさまなどは、どうでもよいのです。よくよく人を観察してきてくださ
い」

王必はそう答えたものの、その忠告をさほど心にとめなかった。要するに、今後
曹操の使者が王朝の実力者にすげなくされないような関係をつくればよい、それが
使命だ、とおもいこんでいた。

だが、眼前にいる鍾繇という男は、もっと広く深く、この一事を観ている。

——そういうことか。

ようやく王必は悟得した。主である曹操は天子を迎えて天下王朝を樹てようとしている。その最初のさぐりがこの使いである。そういう壮大な計画を曹操に献じたのが荀彧を措いてほかにいないことに、いまごろになって気づいた。

王必は胸がふるえた。声もふるえそうになった。

「荀彧という者がいます。ご存じか」

「もしや、その人は、荀爽さまの——」

「さよう、甥にあたる」

「吁々……」

鍾繇は嘆息した。自分を中央政府に辟いてくれた荀爽が、死後も、橋渡しをしてくれているように感じた。潁川郡に生まれ育った者は、おなじ郡の潁陰県の荀氏一族について仄聞しない者はいない。族全体が芳秀しているといってよい。荀彧が曹操を輔佐しているということは、群雄のなかから曹操が傑出すると、その族が予見したにちがいない。

——張良が劉邦に属いたようなものだ。

そう想った鍾繇は、

「われらは玉を東へ飛ばす用意があります。その玉はおそらく洛陽のあたりに落ち

るでしょうが、あなたのご主人はその玉を受けとめられようか」

と、なぞをかけた。玉とは天子のことだ、とすぐにさとった王必は、

「わが主がなんで受けそこないましょうや」

と、笑って答えた。

このあと鍾繇は放れわざに比いことをやった。

忌憚なく面会して、曹操の使者を厚遇したほうが有利であることを説いて得

心させた。それによって王必の使いは成功した。

曹操に復命した王必は、この往復が上首尾であったことを告げ、そのあと荀彧に

会って、

「ひとり偉材をみつけましたぞ。その者は、千里のかなたにありながら、主と貴殿

の壮図をみぬいておりました」

と、鍾繇の氏名を添えて詳細を語った。

おどろきを表にださずにうなずいてみせた荀彧は、

——むこうには天子を洛陽に帰還させる秘計があるのだな。

と、察し、その秘計に主である曹操をつないでよいのか、このあと独りになって

熟考した。

鍾繇という賢臣は、長安を脱出した天子を曹操が洛陽で迎え、天子を擁護しつつ

群臣が畏れて近づかない李傕と郭

汜に、

天下王朝を運営するのがよいと暗にいっている。が、そのやりかたは董卓の方策と
おなじであり、しかも天子は董卓によって立てられた献帝である。山東の諸将は献
帝を崇敬しないであろう。敵を増やすばかりにならないか。また曹操の実権が天子
の威光を冒すようになれば、天子の近臣は曹操の暗殺をたくらみ、第二の王允と呂
布が現れるかもしれない。それよりもなによりも、曹操の心の深奥には、皇帝にな
りたいという欲望がひそんでいて、もしも曹操がみずから献帝を迎立すれば、自身
が皇帝になる道を閉ざすことになる。ほんとうにそれでよいのか。

　——だが……。

　時勢は生き物である。献帝が長安を脱出して東行するという気運がひそかに高ま
っているとすれば、それにいちはやく応じた山東の将が有利となることはまちがい
ない。最大勢力の中心人物である袁紹は、叔父の袁隗が董卓に殺されたことで、董
卓にかかわりのある献帝さえも憎んでいるようにみえるが、政治的配慮を優先させ
て、そういう悪感情をおさえ、曹操よりさきに献帝を迎え、冀州に天下王朝を樹立
したら、天下の情勢はどうなるであろうか。

　——まずい。主にとって致命的にまずい。

　そう痛感した荀彧は、ついに曹操に献帝迎立を進言し、ついでに鍾繇を擢用なさ
るべしと説いた。

当の鍾繇は、尚書郎の韓斌と、献帝脱出計画を練った。

興平二年の七月に、献帝は長安をでた。

それからさまざまな苦難に遭いながらも、献帝が洛陽の地に到ったのは、ちょうど一年後である。往くときはひと月しかかからなかった道程であるが、復るときは一年もかかった。ちなみに献帝が洛陽に帰還した年は、建安元年と改元された。献帝に従って危道を綱わたりのようにわたって帰ってきたといえる鍾繇は、荒れはてた洛陽に到着するや、地に坐り、ぬかずいた。かれは地神にむかって、

「あなたさまのご加護がなければ、多くの高官とともに、われも殞命していたであ
りましょう」

と、謝意をこめていった。李傕、郭汜、張済の軍に追撃されて、亡くなった者はかぞえしれない。

焼け落ちた建物しかなく、道は茨でおおわれているといった洛陽城内の荒廃ぶりを哀しんだ鍾繇は、地神の恩に報いるため、かならず洛陽を復興させる、と誓った。鍾繇の指図に従って、長安をでたあと陽陵へゆき、家族とともに息をひそめていた鍾演が、ひと月後に安全を確認して家族を引率してきた。

「助かった」

すっかりやつれた鍾繇は弟の手をとって喜んだ。じつは洛陽城にはいった天子の従者の大半が飢餓状態となり、死んだ者もすくなくなかった。すでに曹操は入朝したが、この惨状をみかねて、翌月、献帝を潁川郡の許県に移すことにした。許県は長社の東南に位置し、長社から遠くない。すなわち鍾繇の生まれ故郷の近くに後漢王朝の首都が設立されることになったのである。

――遷都を進言したのは、荀彧どのであろう。

と、すぐに鍾繇にはわかった。許県は荀氏一門の本拠である潁陰県からも遠くない。

潁川郡の地を踏めば、ふしぎな安心感がある。この感覚は荀彧もおなじであろう。

曹操は遷都の前後に王朝の人事的清掃をおこなった。敵対勢力につながっていそうな高官を貶斥し、王朝制度の旧態に安住したがる官吏を排除した。

――なるほど曹操という人は、能力優先主義者か。

そうみていた鍾繇は、御史中丞に任命された。

官職名とその職掌の内容をすべておぼえるのは至難ではないとはいえ、むずかしいことにはちがいない。御史中丞は、御史台（台は役所）の長官である。不正を弾劾する役目である。廷尉が検察官であるとすれば、御史中丞は監察官である。

この任命は、自分の能力を曹操に認められたわけではなく、ためされようとしている、と鍾繇は冷静に理解した。

その後、侍中・尚書僕射に昇進したということは、曹操にその能力を高く評価されたということである。尚書令が王朝の事務の中枢にいるとすれば、僕射は次長といってよい。それからほどなく司隷校尉に任命されたので、これにはすくなからず鍾繇はおどろいた。

——司隷校尉といえば……。

かつては広大な首都圏の行政と監察をおこなう要職であった。が、首都が許県へ遷ったいま、司隷校尉はなにをすればよいのか。

とまどう鍾繇に、曹操はつぎのような訓辞を与えた。

「われは山東の軍事で多忙である。しかるに西方が騒がしい。なんじは長安へゆき、鎮静につとめよ。なお、なんじは関中の諸軍を統率し、法令にこだわらず、ぞんぶんにやるがよい」

西方が騒がしい、というのは、馬騰と韓遂を棟梁とする二大勢力の抗争が熄まないということである。

——あっ、長安へ往くのか。

鍾繇にとって、これはおどろきではない。むしろ自分はそういう定めにあり、そ

の定めに従うことに素直に従うことによって、おのれの実力以上の能力が発揮されるように地神が援助してくれると信じた。

長安に赴任した鍾繇は、長安をかこむ三郡（三輔）すなわち左馮翊、右扶風、京兆尹の人口がかなり減ったことを知った。報告をおこなった補佐官は、

「馬騰と韓遂の争いを恐れて、数万の家族が子午谷を通り、漢中の張魯のもとへ逃げたのです」

と、説明した。

「そうか……。人々は五斗米道にあこがれているのか」

長安から益州の漢中郡にはいる最短の道を子午道という。

五斗米道は道教の初期の形態といってよい。道教は現世利益を秘術をもって実現させるものであるといってよいが、五斗米道に関しては、そういう術を張魯の祖父の張陵が創始した。かれに師事する者は五斗の米をさしだしたため、五斗米道とよばれる。張魯の代になると信者は増大し、その宗教団体は国家の規模にまで拡大した。しかも張魯は兵術にも長け、外敵を撃破したため、その国家は堅固なものとなった。張魯の評判が良くなればなるほど、より多くの人々が張魯の国というべき漢中郡へながれていってしまう。

――それを食い止めるには……。

三輔の平穏を永続させ、西方での抗争をやめさせるしかない。

鍾繇は最初から軍事力をつかうつもりはなかった。西方に兵馬をむければ、争っていたふたりはにわかに結託して政府軍に対抗するであろう。そういう愚行を避けるために、鍾繇は馬騰と韓遂を説くことからはじめた。この穏便な策は功を奏して、馬騰と韓遂は自分の子を人質として曹操のもとに送り、のちに馬騰自身が入朝して、衛尉に任ぜられた。これは、関中と西方の鎮静化としては理想形であり、軍資と兵を浪費しないこの成功は曹操を満足させた。

――これなら、関中と西方は鍾繇に任せられる。

と、曹操は鍾繇の胆力のある怜悧さを絶大に信用した。

ほどなく天下の形勢が急変した。

兗州から徐州へ支配圏を移していた呂布が曹操に討たれ、北方の雄である公孫瓚が冀州の袁紹に敗れて自殺した。さらに荊州から揚州へ本拠を遷していた袁術が病死した。

群雄割拠の時代が終わろうとしているといってよい。

「早晩、袁紹が曹公を潰しにくる」

鍾繇は弟にそういったが、はたして覇権争奪戦というべき、官渡の戦いがはじまった。主戦場となった官渡は、首都の許県のま北に位置し、その防衛拠点が破壊さ

れれば、首都の陥落は必至である。その戦いでは袁紹軍の優勢が長安まで伝えられ
たので、鍾演は不安そのものとなり、

「曹公が敗れたら、兄さんはどうするのですか」

と、問うた。

「曹公の左右には、智者と勇者がそろっているので、負けることはあるまいと想う
が、万一、負けたときは、許県の天子をここ長安にお移しすればよい」

曹操が献帝を手放さないかぎり、再起の道はある。曹操もそれはわかっており、
大敗しても戦死することはなく、最悪の場合を想定して、ひそかに手を打ったにち
がいない、と鍾繇はみている。

「さあ、馬を集めるぞ」

と、高らかにいった鍾繇は諸将と属吏に、できるかぎり多くの馬を集めて、曹公
のもとへ送れ、と命じた。この命令によって集められた馬は二千余頭あり、それら
すべては曹操の陣にとどけられ、曹操を感激させた。

苦戦のすえに袁紹軍を敗走させた曹操は、鍾繇の配慮について、

「蕭何の功にひとしい」

と、称揚した。蕭何は前漢の創業期の名臣であり、劉邦が天下平定をつづけるあ
いだ、後方から軍需の食料などをたえず送り、のちに、

「すべての功のなかで第一である」

と、劉邦に認定された。それをふまえての曹操の褒詞は、鍾繇を喜ばせた。長安だけではなく関中全体を豊かにするまでは、在職をつづけたいという願いがかないそうだと明確に予想できたからである。

だが、すべてが順調というわけではなかった。

平陽を本拠とする匈奴の単于が叛乱を起こした。それにたいして、鍾繇は一転して武力をつかった。最初から単于を説得するのはむりだとみきわめたからであろう。

平陽があるのは、長安の東北に位置する河東郡であり、まずいことに、この郡に袁尚（袁紹の子）の指図を承けた猛将の郭援が乗り込んできた。敵が倍加したと知った鍾繇の属将たちの腰がひけた。それをみた鍾繇は、叱呵した。

「ここで退却したら、関中の諸豪族も郭援になびき、われらに帰還する先があろうか」

むろん鍾繇は曹操に泣きついて応援を乞うような醜態をみせない。賢臣の張既を馬騰のもとへ遣り、馬騰の子の馬超とその軍に協力させるという奇手を打った。

馬超の参戦は大きかった。

「汾水の戦い」

において、川を渡渉中の敵軍を大破し、郭援を斬るという大勝を鍾繇は得た。こ

の勢いをもって匈奴の単于を降伏させた。

古代から文武兼備という能力のありかたが名臣の条件とされてきた。鍾繇はその条件を満たす、と世間からもみなされるようになった。

関中の平穏を確保した鍾繇は、一隊を従えて洛陽へ行った。荒れはてた旧都にはいった鍾繇は、おもむろに馬をおりて地に坐った。蕭々と風が吹いている。涙ぐんだ鍾繇は、地神にむかって、

「還ってくるのが遅くなりました。かならず往時の豊かさをとりもどしてみせます。それまでご辛抱ください」

と、心中で語りかけた。

引率してきた三千余の兵に、洛陽の整備を命じた。それをかわきりに、長安から洛陽に人を遣って整備をつづけさせた。区画整理のめどがついたところで、関中の住人、流人、逃亡者などに呼びかけて、洛陽に居住することを勧めた。のちに洛陽が首都に返り咲くための基礎を、鍾繇が築いたのである。

曹操は魏公となり、ついで魏王となった。前漢と後漢の王朝を通覧して、帝室の枝葉という血胤をもたずに、臣下でありな

がら王位に昇ったのは、曹操だけである。もっとも、前漢の末には帝位を簒奪した王莽という奸物がでたが、王莽のような詐術を用いずに、曹操は王国を建てた。もしも董卓が献帝を殺していれば、まちがいなく曹操が皇帝になっただろう、と鍾繇はその祝事を別の感慨をもってながめた。

鍾繇も昇進した。

冀州の鄴を首都とする魏が建国されると、大理となった。

古くは法官のことを理といったが、秦の時代に司法長官を廷尉というようになった。前漢時代に廷尉を大理とし、また廷尉にもどすということがくりかえされた。後漢時代は廷尉という官職名がつかわれつづけ、献帝のときに大理に改められた。

そのあと鍾繇は相国にまで昇った。

枉がったことが嫌いで公平をこころがける鍾繇は多くの人に尊敬された。

しかしながら、災難はおもいがけないかたちで突然やってきた。

鍾繇が推輓した魏諷という能吏が、遠征軍がでたあとの曹操不在の鄴で、謀叛を決行するまえに逮捕された。かれが処刑されたことによって、鍾繇も連座した。ただし厳罰とはならず、相国を罷免されただけである。

「これですんだのは、太子のご温情、あってのことだ」

無冠となって自邸に帰った鍾繇はしみじみと弟に語った。たしかにこの事件で連

座した者の多くは死刑に処せられた。魏諷の謀叛をあばいたのは魏都を留守していた太子の曹丕であり、さいわいなことに、鍾繇は以前から曹丕に尊敬されていた。

人に助けられたものの、地に護られたという感じがしなかったので、寂静のなかに独り坐った鍾繇は、

——われは鄴の地へのいたわりと、地神への尊崇を忘れていたかもしれぬ。

と、反省した。

鍾繇は理路をはずさない人なので理知的にみえるが、じつは感性も豊かで、能書家でもあった。

下野させられて得た閑暇を利用して、書道について考え、初心者にも筆づかいを平明にわからせるために、

「千字文」

の原形を作った。のちにそれは梁の周興嗣によって、おぼえやすい韻文のかたちに整理された。

——天地玄黄。

という四文字ではじまる「千字文」は、天は玄く、地は黄色い、といっている。玄は北を指し、黄は中央を指す、という思想があり、また黄は皇帝の色でもある。後漢の霊帝のときに黄巾の乱が勃こり、その乱の首謀者である張角は、

「黄天」

という語を掲げた。かえって、むしろそのほうが理にかなっており、地が黄、というのは奇想に類する。が、そこに鍾繇の思想の痕跡がある、というみかたもできるのではないか。

さて、曹操が薨去して、曹丕が魏王に即位すると、鍾繇はすぐに召されて大理に任命された。

それから九か月後に、禅譲がおこなわれて、曹丕は皇帝となった。

「洛陽を首都とする」

と、曹丕が宣明したのは、洛陽の地につくした鍾繇の労を暗にねぎらったともいえる。ちなみにそれからひと月後に、大理は廷尉に改められた。

さらに太尉に昇進した鍾繇は、司徒の華歆、司空の王朗とともに、

「この三公こそ、一代の偉人である」

と、曹丕に絶賛された。みかたをかえれば、その三人を群臣の最高位に置いて王朝を円滑に運営している曹丕が、自身の治法を自画自賛しているともとれなくない。

とにかく、芸術に関心のある曹丕は、鍾繇にとって仕えやすい皇帝であったことはまちがいない。

しかしながら、曹丕の在位期間は長くない。

三十四歳で帝位に即いてから、六年後に崩じた。

曹丕の太子である曹叡が践祚したとき、鍾繇は七十六歳であり、膝に疾患があったため、起居がままならなかった。そのため車に乗ったままでの参内がゆるされた。下車するのも時間がかかるので、侍衛がかれのからだをかかえて殿上にのぼり、席につかせた。

鍾繇はついに太傅にまで昇った。太傅は三公の上の上公というべき位である。

――洛陽の地が、ここまでしてくれたのだ。

鍾繇の意識とは、そういうものであったろう。昔、族父の鍾瑜が洛陽への旅に誘ってくれたあの一事が、鍾繇の人生を決めた、ということもできる。

鍾繇は八十歳で死去した。

かれの功績は、なんといっても、正しい司法をおこなったことであり、それによって民に怨まれたことがない。

特記すべきことである。

賈逵<ruby>賈<rt>か</rt>逵<rt>き</rt></ruby>

河北の霸王というべき袁紹が病死した。

袁氏の本拠は冀州の最南端に位置する魏郡である。

その郡の西隣に并州の上党郡があり、さらに、その郡の西隣にあるのが、賈逵の

いる河東郡である。

河東郡は文字通り河水（黄河）の東にあるが、河水がL字に曲がっているため、

河水の北にあるといってもよい。この郡は、後漢王朝の司隷校尉部（近畿圏）を構

成する七郡のひとつでもある。

この河東郡襄陵県に生まれた賈逵は、幼いころから兵法が好きであった。兵法

は剣術とちがって個人技ではなく、武装集団の動静を定めて勝利にみちびく理法の

ことである。なお兵は、一兵卒を指す場合もあるが、おもに戦いをいい、兵法は戦

法あるいは戦争理論といいかえることができる。

賈逵は子どもを集団に分けて戦わせることを遊びとした。それを視た祖父の賈習

は、

——この孫は、みどころがある。

と、おもい、

「なんじは大きくなれば、将率となるにちがいない」

と、いった。将率は将帥といいかえてよい。大将のことである。ただしいまの賈達は兵法を勘でおこなっている。そこで賈習は、

「よく、きくのだ。漢王朝が建てられるまえに、項羽と劉邦というふたりの英雄が天下を争った。項羽の祖父は楚の国の将軍であったから、項羽は幼いころに書道と剣術を教えられても関心をもたず、万人を敵にまわして戦うことを学びたいといった。そこで項羽は季父の項梁から兵法を学んだ。ところが項羽はだいたいのところがわかったと意うったのか、それ以上深く学ばなかった。そこが項羽のだめなところだな。あとになって、ろくに兵法を知らない劉邦に負けて、天下を失った。兵法は、学ぶのなら、深奥に達しなければならぬ。中途でやめれば、かえって害になる。それなら劉邦のように知らぬほうがよい。どうだ、なんじはとことん学ぶ気はあるか」

と、賈達に気構えを問うた。気が強い賈達は、

「中途では、やめません」

と、はっきりいった。この顔つきと目つきをみた祖父は、うなずいて、

「よし、では、教えてやろう」

と、兵法書をとりだして読みきかせた。賈習独自の理論もまじえて、数万字にお

よぶ兵法を伝授した。

　賈逵が生まれたのは霊帝の熹平三年（一七四年）であり、十一歳のときに、天下

が騒然となった黄巾の乱が勃発したので、おちついて儒教関連の書物を読んでいる

場合ではない、という風潮があったのかもしれない。それから十年余が過ぎて二十

二歳の晩冬に、河東郡全体に緊張がはしった。長安にいた献帝が、董卓の属将であ

った李傕と郭汜の魔手からのがれ、東へ奔って、ついに河東郡の安邑に到った。献

帝は翌年夏まで安邑から動かなかったので、わずかな間とはいえ安邑が後漢王朝の

首都となった。

「建安」

と、改元されたのも、安邑においてである。

　賈逵の出身地である襄陵は、安邑の北に位置して、その距離はおよそ二百四十里

である。徒歩でもいそげば四、五日で安邑に着けるとおもえば、

　──天子をお助けしたい。

と、賈逵は飛びだしそうであった。が、知人や友人にとめられた。いま河東郡は、

郡全体が貧困にあえいでいる。郡内には盗賊も多い。

「安邑に着くまでに、殺されるか、のたれ死にする」

躬ひとつで逃げてきた献帝を助ける者は、豊富な食料と軍資をもっていなければならない。富力をもたない庶士が勤皇の心をささげるために安邑に駆けつけたところで、献帝の力になれるはずがない。かえって迷惑になるだけであろう。

――それも、そうか……。

賈逵はあきらめた。

ちなみに、このあと献帝を擁護すべく動いたのは、河内太守の張楊であり、かれの援助によって、安邑をあとにした献帝は洛陽に帰着した。さらに献帝は、兗州牧の曹操に迎えられて、潁川郡の許県へ遷り、そこで王朝を再開した。

やがて賈逵は郡の役人となった。この郡の太守として王邑が赴任してくると、郡吏としてめずらしく人気のある賈逵は、絳邑という小さな県の長を代行させられた。県令あるいは県長を代行した者は、さほど歳月が経たないうちに、令または長に正式に昇格するのがふつうである。賈逵が袁紹の病死を知ったのは、そんなころである。

「袁紹の子は仲が悪いので、兄弟が抗争をつづけて、自滅することになろう」

賈逵が属吏とそういう話をしているうちに、河北平定をめざす曹操は軍を北上さ

せて、袁紹の子である袁譚、袁尚の軍と対峙した。たしかに袁譚と袁尚は憎悪しあっていたが、曹操に負けたあとの惨状を想えば、さすがに協力して迎撃せざるをえなかった。

袁紹の後継者を自任する袁尚は、曹操の勢力圏にゆさぶりをかけた。従兄弟の高幹が幷州刺史なので、かれと将軍の郭援を動かして、河東郡を蹂躙しようとした。

幷州から河東郡に侵入した郭援軍は猛威をふるった。この軍は進路にあたる城と県をつぎつぎに降伏させて、ついに賈逵が守る絳邑に迫った。

——なるほど、これが袁尚の兵法か。

いま曹操は軍の主力を河北にむけているが、河東郡を失えば、それより西の郡との交通が遮断されるので被害は甚大である。そうさせないためには河北にいる軍を撤退させて西へ移動させなければならない。つまり袁尚は曹操軍に勝たなくても、曹操軍を退去させることができる。兵法に精通している賈逵は、この戦略が、

——孫子の兵法の応用である。

と、わかる。しかしながら袁尚以上に孫子の兵法にくわしい曹操が、袁尚の策にふりまわされるであろうか。

——しばらく援軍は河東郡にはこない。

曹操の立場になって考えた賈逵は、県長の立場にもどってぞっとした。絳邑のよ

うな小規模な城が怒濤のような郭援軍の攻撃を百日もしのげるはずがない。他の県令や県長のように戦うまえに降伏してしまう手があるが、それは賈逵の節義からすれば死ぬほどはずかしいことである。

——こうなれば、死ぬまで戦うしかない。

賈逵はおのれの不運を嘆き、兵法を教えてくれた祖父が祝ってくれた将来が暗く閉ざされてしまう悲しみをおぼえながら、県の官民に防戦を指令した。

「ほう、抗戦する城があるのか」

郭援は絳邑を遠望して嗤った。小城が十日も攻撃にさらされれば、陥落しないはいうずがない。それを知らずに城を固守しようとする県長はまれにみる愚者というしかない。

「攻めよ——」

郭援は号令をくだした。麾下の兵士は包囲陣を形成するとすぐに猛攻を開始した。が、十日が過ぎても、ひとりの兵士も城壁を越えられなかった。郭援はその事実を怪しみ、はじめて城主に関心をいだき、

「県長はなんという氏名か」

と、左右に問うた。

「賈梁道という者です」

梁道は賈逵のあざなである。

「おもしろい男だな」

城将に関心をもった郭援は、城攻めのむずかしさを実感すると、匈奴の単于は、匈奴の単于に助力を求め、匈奴兵の到着を待って攻撃を再開した。ちなみに単于は、中華における天子にひとしい。

「こりゃ、城が潰れるわい」

城内の長老たちは、ここまで賈逵を扶助して、県民に武器をもたせて戦ってきたが、落城を必至とみた。落城すれば、県長は斬られ、県民はみな殺しにされるかもしれない。そういう最悪の事態を避けるためには、県長に降伏をうながすしかないが、死んでも降伏しないといっている賈逵を説得するのは至難といってよい。

「ひとつ手がある。われらが悪者になればよい」

ひとりの長老がちょっとした奇想をだした。それをきいたほかの長老たちは、それしかない、と手を拍ち、膝を打って賛同した。

夜間、城から密使がでて敵陣へ走った。この密使が郭援に会うと、こう告げた。

「県長をあなたさまの手にお渡しし、開城します。ただし県長を殺さないことを守っていただきたい。もしも県長が殺されたなら、われら県民はすべてが戦死するまで戦いぬくでしょう」

「わかった。約束する」

賈逵に関心のある郭援は即答した。これ以上絳邑で滞陣していては、河東郡の平定が遅れてしまう。

復(かえ)ってきた使者の報告をきいた長老たちは、

――これで県長も死なずにすむ。

と、安心し、翌朝、兵をともなって政務室に踏み込んだ。かれらは賈逵にむかって、

「どうか、黙って捕縛(ほばく)されてもらいたい。これがあなたさまを生かす唯一の道なのです」

と、いった。どこまでも郭援と戦おうとしていた賈逵が、突然、県民に背(そむ)かれたとなれば、敵に降ったことにならない。また県民は、たとえ県長を裏切っても、のちに処罰されることはない。長老たちの苦肉の策(くにくのさく)がこれであった。

朝日が昇ってから、城外に突きだされた賈逵は、郭援のまえにひきすえられた。剣をぬいた郭援は、剣峰を賈逵の胸もとにあてると、

「なかなかの働きであったな。どうだ、袁氏に仕えぬか。われが将軍に推挙するが、どうだ」

と、いった。賈逵は横をむいて答えない。

「この剣は、なんじを縛っている縄を切ることができるが、なんじの心臓を刺しつらぬくこともできるのだぞ。しかと返答せよ」

それでも賈逵は口をひらかない。それをみて腹を立てた郭援の側近が、賈逵の頭をおさえて叩頭させようとした。

「さわるな」

と、怒声を揚げた賈逵は、郭援を睨んで、

「国家の長吏が賊に叩頭することなどあろうか」

と、あえて敵将をさげすんだ。賊と侮辱された郭援はさすがに怒り、この場で、賈逵を斬ろうとした。このありさまを城壁の上から見守っていた吏民は、

——県長が殺されそうだ。

と、察知するや、

「約束にそむいてわが賢君を殺せば、死ぬまで戦ってやるぞ」

と、大声を放って郭援を恫した。これだけでも賈逵がいかに吏民に敬慕されているかがわかる。郭援の左右の兵も、ここはさっさと切り上げたいとおもったのであろう、

「上党の壺口関へ送ってしまいましょう」

と、いった。賈逵の処置は、上党にいる高幹にまかせたらどうですか、と進言し

たのである。

「よし、そうしよう」

絳邑を開城させたい郭援は、衆目のあるところで賈逵を檻車に乗せて、出発させた。約束を守ったことを絳邑の吏民にみせた郭援は、ようやく前進することができた。だが、ここでの遅延がかれの命運を翳らせたといってよく、西へすすんで汾水を渡る途中で、待ち構えていた馬超の軍に痛撃された。郭援の軍は大敗し、郭援は、馬超配下の龐悳に首を獲られた。

こういう郭援の最期を知らない賈逵は、壺口関にある窖のなかにつながれていた。車輪で蓋をされたこの地中の牢の上に見張りがいた。かれは高幹から、

「ここを去るときは、賈梁道を殺せ」

と、命じられていた。

地中から声が昇ってくる。

「このあたりには健児がいないのか。義士をこのなかで死なせてよいのか」

日に日に賈逵の声は衰えているが、それでも見張りの者にとっては耳ざわりである。高幹にこの囚人を助命する意思がないのであれば、いつ殺してもおなじである。すなわち賈逵のいのちは、風中の燭のごとし、といってよかった。

だが賈逵が地中から放った声はひとりの男を撼かした。祝公道という者がその声

をきいて、正義を守って危難にさらされることをあわれんだ。いや、あわれんだだけではなく、夜中に窖におりて賈逵をつないでいる械をたたきこわして逃がした。

賈逵は九死に一生を得た。

が、自分を救いだしてくれた恩人の氏名がわからない。郭援が敗死したあとの河東郡にもどった賈逵は属吏をつかって調べさせると、ようやく祝公道であるとわかった。しかしすでにゆくえがわからなくなっていた。のちに、おもいがけなく祝公道の氏名をみつけた。かれはある事件に連座して法に服さなければならぬ罪人になっていた。

――なんとか助けたい。

賈逵は尽力した。が、どうすることもできず、祝公道の死を知った。賈逵はひとり喪服に着替えた。

賈逵は澠池県の令に栄転した。

が、かつて兵法を教えてくれた祖父が亡くなったと知るや、官を去った。服忌を終えると、司徒府から辟召された。それに応じて上京すると、司徒の掾（えん）となり、ついで議郎となった。議郎は光禄勲の属官ではあるが、昇進しや

すい官であり、賈逵の才器が注目されるようになったあかしといってよい。

叛逆した馬超を曹操がみずから征伐した際に、弘農郡を通過した。弘農郡は河水をはさんで河東郡の南にある。

「ここは西道の要である」

と、いった曹操は、急に、賈逵を呼んで弘農太守を代行させた。そのとき、賈逵を召し寄せて意見を述べさせた。かれがすぐれた計画をもっていると知った曹操は、大いに悦び、あとで左右に、

「天下の二千石がことごとく賈逵のようであってくれたら、われはなにを憂慮しようか」

と、いった。二千石は郡の太守の秩禄で、太守（あるいは郡守）というかわりに二千石という。

が、賈逵の正義感の強さは、ときに悶着を起こす。

賈逵の直属ではない屯田都尉が逃亡の民をかくまっているのではないかと疑い、かれを詰問した。が、かれが不遜な態度でのらりくらりといいのがれようとしたので、怒った賈逵は、かれの足をたたき折った。そのために罷免された。

しかし曹操は、

――埋もれさせてはならぬ才能だ。

と、おもい、ほどなく丞相主簿にとりたてた。主簿は文書作成官であるが、丞相主簿ともなると、首相の側近であると想ったほうがよい。

ところで曹操が丞相になったのは建安十三年（二〇八年）の六月であり、その年の冬に赤壁の戦いがあって、曹操軍は呉軍に大敗した。引き揚げてきた曹操にとって南方の孫権は難敵であったが、再度、南征する計画を立てていた。が、長雨となり、その遠征を喜ばない者が多くなった。曹操は、雨をながめながら舌打ちをし、

――遠征を嫌がる者が、われを諫めにくるにちがいない。

と、感じた。いちいちそのような諫言をききたくない、とおもった曹操は、先手を打つかたちで、

「いまわれは戦いの準備をすすめてはいるが、どこへ征くかは定めていない。それについて諫める者がいれば、死刑にするであろう」

と、命令をくだした。

それを承けた賈逵は、側近の真の在りかたを考えた。側近は主に追従していればよいというものではあるまい。主のまちがいを匡すことは、戦場で敵を倒すことよりも勇気が要る。それでも、それをなして、はじめて真の側近といえるであろう。

すぐさま賈逵は同僚の三主簿にむかって、

「この時期に出陣してはならないのに、ご命令はみての通りだ。われらは近侍の臣

として、丞相をお諫めしなくてはなるまい」

と、強い口調でいった。三人は多少のおびえをみせた。それはそうであろう。曹

操を諫めることは、刑死につながる。が、賈逵はあえて三人を視ずに、諫言の主旨

を書いた草稿をひろげた。それから目をあげて、

「署名してくれ」

と、いった。三人は気がすすまないものの、署名した。それをみとどけた賈逵は、

「では、これから丞相をお諫めする」

と、起ち、三人を引き連れて、丞相府の政務室にはいった。

四人の諫言を聴いた曹操は、

「なんじらはわれの命令を知らぬはずはあるまい」

と、怒り、すぐさま四人を逮捕させた。もっとも罪の重い者を獄に送ることにし

た曹操が、じきじきにとりしらべると、まっさきに賈逵が、

「わたしの発想です」

と、答え、曹操の指令を待たずに、趨って獄へ行った。獄吏は困惑した。突然、

獄中にはいった者が丞相主簿であることと、丞相からなんの指図もとどいていない

ことで、手をくだしかねた。それをみた賈逵は獄吏の手を執り、

「早くわれに械をはめてくれ。われが丞相の近臣であるがゆえに、あなたに手ごこ

ろをくわえてもらっているのではないか、と丞相はお疑いになり、かならずここに

人をおつかわしになる」

　と、いい、械をつけた。はたして直後に、曹操の家人が獄中のようすをしらべに

きた。その者の報告をきいた曹操は、

「賈逵は死義する者だ。われらばかりでなく、わが子の過誤をも匡すであろう」

　と、つぶやき、ほどなく賈逵を釈放した。死義とは、正義のために死ぬ、という

ことである。たまたまだした命令が臣下の正直さと忠誠度をはかることになった。

　――賈逵はまぎれもない忠臣だ。

　このときから曹操は賈逵への信頼を深めた。

　曹操に信頼されただけではなくその才幹を買われた賈逵は、諫議大夫に昇進し、

蜀を討伐するために遠征した軍の参謀となった。

　が、その討伐は成功せず、引き揚げてきた曹操は、洛陽において薨じた。すでに

曹操は魏王となって冀州魏郡の鄴県において王朝をひらいていた。実質的にこの王

朝が天下を運営する機関であり、許県にある献帝の王朝は空洞化していた。天下の

主といってよい曹操の死は、鄴の王朝だけではなく天下に深刻な翳をなげかけるは

ずである。こういうむずかしい状況下で、葬儀をとりしきることになったのが賈逵

である。

軍中は騒然となった。疫病が蔓延しはじめたことも兵士の不安をあおった。

「まずい、まずい」

と、つぶやいた官僚は、賈逵のもとにきて、

「天下に動揺がひろがります。王の喪を発するべきではありません」

と、献言した。

「いや、喪を秘すれば、動揺はさらに大きくなる」

過去に悪例がある。秦の始皇帝が旅行中に崩じた際、その死が秘匿されたために、正しい帝位の継承がおこなわれず、王朝が顚覆する原因となった。賈逵は頑として自説を枉げず、喪の発表にこぎつけた。それよりすこしまえに洛陽に駆けつけたのが、曹彰である。

曹彰は正室の卞夫人から生まれたので、王位継承権において、曹丕につぐ席にいたといってよい。しかも曹操は危篤になるまえに、

「黄鬚を呼べ」

と、命じ、長安にいる曹彰に会いたがった。黄鬚は黄ばんだあごひげをいい、そういうひげをもつがゆえに曹彰の別称となっていた。曹彰は猛将である。猛獣と格闘できるほどの膂力をもち、射と御も巧かった。読書をしない曹彰をみた曹操は、

「匹夫の勇は貴ぶに足らぬ。経書を読め」

と、勧めた。が、曹彰は、

「男たるもの、十万の兵を率いて夷狄を逐い、功を樹てるべきだ。読書などしていられようか」

と、いい、書物などにはみむきもしなかった。王位継承には欲がなかったが、樹てた。

自分だけを呼んだことに濃厚な示唆があると感じた曹彰は、洛陽に到着するや、賈逵にむかって、

「先王の璽綬は、どこにあるか」

と、問うた。古くは実印のことを璽といったが、秦の時代からは皇帝の印だけを璽というようになった。曹操はまだ皇帝ではなかったが、それに比い人であったので、曹彰はそういったのであろう。

この曹彰の気迫に圧されることなく、賈逵は色を正して、

「太子は鄴におられ、国には先王を継ぐかたがおられるのです。先王の璽綬については、あなたさまが問うべきことではありません」

と、答えた。この厳乎たる態度に、曹彰ははねかえされた感じになり、それ以上は問わなかった。もっとも曹彰は、王位を欲してそう問うたのではなく、

「われにだけ、特別な遺言があったのではないか」

と、いうかわりに、璽綬はどこにあるか、と問うたのかもしれない。賈逵の返答は、そのような遺言はありませんでした、という事実をふくんでいたと想うべきであろう。とにかくここでの賈逵の正容は、曹丕に好印象を与えたにちがいない。

はたして曹丕が王位に即くと、賈逵は鄴県の令となり、ひと月後には魏郡の太守に昇進した。さらに丞相主簿祭酒に遷ってから、豫州刺史に転任となった。豫州は南の大きな州で、南部は呉の国と接している。行政だけではなく、防衛にも気をつかう州である。

赴任した賈逵はさっそく国境まで行った。

呉の国を遠望した。かならず戦うことになるのは、その呉の国とである。

――彼を知りて己を知れば、勝すなわち殆うからず。

と、孫子の兵法にはある。彼すなわち呉について知るのはむずかしいが、己すなわち豫州の地と人について知るのはむずかしくない。とにかく豫州には川が多い。河北にも川はあったが、豫州をながれる川の多さはくらべものにならない。

――水をよく知らなければならない。

それを課題とした賈逵は、当面、できることは武器の整備であり、守備を厚くす

ることであるとおもい、すみやかに実行した。なまける、ということを嫌う賈逵は、以前、職務を荒怠した者をことごとく免職にするように上申したことがあり、また賈逵が曹丕に信用されていることを知っている太守と県令は、この豫州刺史の通達に素直に従った。

そのため豫州全体が緊張を保ち、惰容をみせなかったので、呉としてはつけこむ隙がなかった。

呉と戦うことがなければ、民政に集中できる。賈逵は鄢水と汝水を遏めて陂（つつみ）を造った。また山を断って長い谿水を溜め、小弋陽陂を造った。ちなみに弋陽は豫州南部の郡名である。さらに二百里にわたる運河を通した。いわゆる、

「賈侯渠」

がこれである。

献帝の禅譲をうけて帝位にのぼった曹丕は、劉備が建国した蜀をほとんど意識せず、

──戦略的主眼を南方へむけた。

孫権を倒せば、天下平定はおのずから成る。

そういう思想である。

帝位に即いてから二年後に、呉を大がかりに討伐することにした。その年というのは黄初三年（二二二年）であり、冬に、大軍をふたつに分けて呉国の東西にむか

東にむかった軍の元帥は曹休である。かれは曹氏一門の族子であり、曹操の子とへだてなく育てられ、勇将とよばれるまでに成長した。似たような経緯で将軍となった曹真は西方担当で、曹休は南方担当になったと想えばよい。

――呉と戦わずにいられるはずがない。

命令をうけた賈逵は州兵を率いて南征軍に加わった。しかし、すぐに眉をひそめた。軍の規模が巨きすぎて、動きがにぶかった。

兵法の達人であった曹操は、草創期に、兵を手足のごとくつかうには五万が限度で、それ以上の兵力はかえって害になると考えた。むろん兵は多いほうがよい場合もあるが、なんとこのとき曹休の指麾下には諸州郡の二十余万軍がいた。

――軍資のむだづかいにもなる。

賈逵はそう感じた。南方にはそんな大軍を展開する大平原はない。極端なことをいえば、敵と実際に戦闘をおこなうのは一部の兵にすぎず、ほかの兵は朝夕食事をして休息しているだけである。

曹休軍は江水のほとりの洞浦に到った。その位置は、のちに呉の首都となる建業から遠くない。この時点では、建業は副都であると想えばよい。曹休が脳裏に画いていた攻略の道順は、洞浦から対岸の牛渚へ渡り、江水ぞいの城を落としながら建業へむかうというものであったろうか。――が、なにしろ軍の動きが緩慢であり、そ

こを呉の名将である呂範の水軍に衝かれた。呂範の水軍の規模は大きくなく、兵力を比較すれば、曹休軍の十分の一程度であったであろう。が、呉軍は水戦に長じている。曹休軍はここで進撃を止められた。洞浦で呉軍と戦った賈逵は、

――まずい戦いかたよ。

と、くやしがった。曹休の戦略的構想が諸将につたわってこない。大軍には策がなくてよい、ともいわれるが、ゆきあたりばったりの戦いかたでは、大勝を得られない。この征伐は、曹丕が本気で呉を平定してしまおうという絶大な意気込みが籠められていたはずなのに、曹休の冴えない指麾でだいなしにしてしまった。

呂範の呉軍は暴風のために多数の船がくつがえり、数千の死者をだしたが、それを魏軍の勝ちとみた魏の査定には甘さがある。

引き揚げた諸将は褒賞され、賈逵は陽里亭侯に昇進して、建威将軍の称号をさずけられた。

「勝ったということを国の内外に知らしめるためには、こうするしかあるまい」

遠征がうまくいかなかったと正確に官民につたえると、国が暗くなってしまう。それゆえ多少の妄をまじえることも政治的配慮であろう。ただし、その大遠征がなんの成果ももたらさなかった事実をもっともくやしがっているのが曹丕である、と賈逵にはわかった。

——真の勝利を皇帝に献じたい。

そういう心が賈逵にはある。戦いかたのなかには、人だけを重視するのではなく、

地の利、を考慮する必要があろう。戦いかたのなかには、人だけを重視するのではなく、

属吏に江水沿岸の地図をもってこさせた賈逵は、それをひろげ、

「いま、孫権はどこにいる」

と、左右に問うた。

「東関にいる、ときこえてきます」

「ここか──」

賈逵は江水の北の一点に指を立てた。東関は濡須山に築かれた要塞で、そこから西北にすすめば巣湖にはいることができる。また逆の方向にはふたつの川があり、その川をつかえば江水にでられる。つまり孫権は地の利を熟知しているといってよい。水軍を東西に動かして防衛している。孫権は北からは攻められない要害にいて、

「魏軍が東関をまっすぐに攻めれば、孫権はおのれを守るために、兵を動かせなくなる」

賈逵がそういうと、左右の者は、

「東関に直行できる路はございません」

と、いい、すこし笑った。

「路がなければ、そういう路を造ればよい」

賈逵は果断の男である。良策であるとおもえばためらわず曹丕に案を献じた。ま
た南征をはかどらせるために、駐屯地の変更を上申した。が、曹丕は長寿の皇帝ではな
く、洞浦の戦いがあった年から四年後に病歿した。

曹丕は賈逵の意見をよく聴いてくれた皇帝である。

即位したのは曹丕の子の曹叡である。

中央政府にいなかった賈逵は、その新しい皇帝についてまったくわからなかった
ので、

「こんどの天子について、なにか、きいたことがあるか」

と、近侍の属吏に問うた。すると、ひとりが、

「英明な天子のようです」

と、ぞんがいはっきりと答えた。地方にいる官吏が二十二歳という若い皇帝の全
容を知るはずもなく、その者はうわさを耳にして、この王朝の未来を祝うつもりで
そういったのであろう。ただし曹丕の臨終には、曹真、陳羣、曹休、司馬懿という
四人の将軍が召し寄せられていたようだから、その四人が暗愚な皇子を立てるはず
がない。

――二年もすれば、どういう皇帝か、わかるだろう。

それから二年後の太和二年（二二八年）に、突然、蜀の丞相である諸葛亮が魏の雍州に侵入して、魏の君臣を驚愕させた。が、曹叡はうろたえず、司馬懿と曹真に的確な命令をくだして、蜀軍を撃破させた。

――ほう、先帝よりもいまの皇帝のほうが、戦略を熟知しているかもしれぬ。

と、賈逵は感心した。しかしながら諸葛亮が賢相であれば、蜀軍が単独で魏の西部を侵す愚をさとり、呉との連絡を密にして、蜀と呉が連動するという軍事をおこなうであろう。魏は、西方と南方を同時に監視しなければならず、それにともない兵略も難度を増すことになる。

とにかく、万一にそなえて長安に行幸していた曹叡は、西方の秩序が回復すると同時に洛陽にもどった。それが四月である。それからひと月も経たないうちに、突然、賈逵に命令がくだされた。

――賈逵に前将軍の満寵、東莞太守の胡質らの将軍つまり四軍を督率させる。西陽から、まっすぐに東関へむかうべし」

そういう命令である。

――われが四軍を統率するのか。

　ここまでの賈逵のじみな業績を高く評価した者が上にいるということである。そ
の者の意見を容れて命令をくだした曹叡という皇帝の非凡さも、これでわかりす
るほどわかった。だが、賈逵だけが呉を攻めるというわけではあるまい。

「この南征の元帥も、大司馬でしょう」

と、賈逵は皇帝の使者に問うた。

　曹休はすでに大司馬に昇進した。　先帝のころから南征は曹休にまかされている。

「そうです。　大司馬は皖へむかい、驃騎大将軍は江陵へむかいます」

　司馬懿も昇進して驃騎大将軍となった。

「すると、三路をつかって呉を攻めるというわけですね」

「そうです」

　使者の口調にははずみがあった。　しかしながら、賈逵はすこし浮かない顔をした。

　曹休が元帥である点に、このたびも不安がある。

　いきなり敵に攻められて防衛し撃退するのではなく、こちらが軍旅を催して遠征
するかぎり、戦いには、勝つべくして勝つというのが兵法である。　が、曹休にはそ
れがない、と賈逵はみている。

　ところが、この遠征には、

　――かならず勝つ。

という秘訣（ひけつ）がふくまれているため、曹休は自信満々であった。呉の鄱陽郡（はよう）の太守になったばかりの周魴（しゅうほう）から極秘の書翰（しょかん）がきた。かれは孫権（そんけん）に叛（そむ）くという。鄱陽郡は呉の江水の南に位置しているので、曹休軍を国境近くまで迎えにゆけない。曹休軍が呉の国境を侵して皖から南下してくれたら、周魴はただちに呼応する。そういう内容の書翰である。

「孫権の本拠である武昌（ぶしょう）には三千ほどの兵しかいないのか……」

長文の書翰を読み終えた曹休は、敵将のなかに降伏を願う者がいるため、その者と連動するには敵地に深々と侵入する必要があることを上奏して許可を得た。

曹休は豫州の東隣に位置する揚州の牧（ぼく）でもあるので、呉の東関のほうが近くて攻めやすいはずであるが、このたびは東関よりはるか西南にある皖に軍をむけた。豫州にいて東関を攻めよと命じられた賈逵（かき）は、

──なにかが変だ。

と、感じながら、弋陽郡（よくよう）の西陽郡まで軍をすすめた。その位置から東関へむかえば、かなりの旅程になる。東関から遠くない地にいた曹休軍が東関を攻めずに、はるばる皖へむかうのであれば、賈逵は東関までゆかず、曹休軍の後方に位置して支援することになるのではないか、と予想した。しかし、なぜ曹休が皖へむかうのか、その戦略的意義がわからないまま、東進をはじめた。

すでに曹休軍は呉の国境を侵して南下していた。

それを知った周魴は手を拍って喜んだ。これは、

「魏の主力軍を潰滅させよ」

という孫権の内命を承けて周魴が練りに練った詐謀なのである。かれは陸遜にこの計画をうちあけ、南下してくる曹休軍の側面を痛撃してくれるようにたのんだ。陸遜といえば、先年、呉を攻めた劉備軍を大破したことで知られる名将である。このたびの指麾にもそつはないであろう。

曹休は皖に到っても、呉軍が待ち構えていることに気づかなかった。曹休より早く、

「それは呉の罠だ」

と、予断したのが賈逵であった。東進中に命令が変更されたのである。その命令というのは、賈逵の軍は曹休の軍と合体してすすむべし、というものであった。奇妙な命令である。曹休軍は兵力が十万という大軍である。それでも足りないから、賈逵軍の合流を要求している曹休は、いったいどこまでゆき、たれと戦おうとしているのか。急遽、佐将と属将を集めた賈逵は、烈しくなる胸さわぎをなんとかおさえ、

「東関にはほとんど兵はいない。敵兵は皖に集結して魏軍の南下にそなえているに

ちがいない。曹休軍がそれを知らずに深くはいりこめば、かならず敗れる」

と、いった。佐将も似たような予感をおぼえていたらしく、

「このままの速さでは、とても曹休軍に追いつけません。軍をふたつに分けて、水陸並行ですすむべきです」

と、進言した。

——追いつくには、まだ二、三百里はあろう。

一日でも遅くなれば、曹休軍の十万の兵は呉の国で斃れて骨と化してしまう。そういう最悪の予想を脳裡からふりはらった賈逵は、

「よし、水陸並行で、急行する」

と、決断し、実行した。属将のなかには、

「豫州刺史は大司馬から嫌われているのに、本気で救助にむかおうとしている。えらいものだな」

と、目語しあう者がいた。

賈逵が曹休の兵略に批判的であることを、

——兵法通だとうぬぼれているやつ。

と、不快に視ていた曹休は、賈逵の昇進をさまたげた。かつて曹丕は賈逵の軍事の能力を高く買って、節を与え、将としての特権をさずけようとした。ところが曹

休は、

「賈逵の性質は剛愎であり、つねづね諸将をさげすんでおります。都督などになさってはいけません」

と、述べて、曹丕の気を変えさせたことがある。

たとえそういういきさつを賈逵が知っていたとしても、ここでの決断と行動はおなじであったにちがいない。

水陸をすすむ両軍は二百里に達した。敵兵に遭遇したが、撃破した。捕虜に尋問をおこなった属将が、顔色を変えて賈逵に報告をおこなった。曹休軍はすでに惨敗して、その敗軍の退路をふさぐべく、孫権はあらたな兵を夾石に送っているという。

ほぼ事実であった。

皖から遠くない地に待機していた陸遜は、尋陽にむかって進撃する予定の曹休軍をやりすごすかたちで南下させ、伸びきったその大軍の側面を強烈にたたいた。そのため曹休軍は、前軍、中軍、後軍がずたずたに分断されて大混乱となり、あっけなく崩壊した。退路がわからなくなったので、捕斬された兵が数万をかぞえるという、いわば歴史的大敗となった。

その惨状を想像した賈逵軍の諸将は、啞然とした。しばらくたれもことばを発しなかった。夾石は、皖の北に位置して、国境にきわめて近い。しかしそこまで呉兵

が達しているとなれば、このまま東進して夾石に近づくことは、死地に飛び込むよ
うなものである。

「援軍を待ちましょう」

諸将はそういいたげな目をしている。だが、賈逵の気力は萎えない。

「曹休軍の兵が国外で敗れて、国内にもどる路が絶たれた。かれらはすすんでも戦
うことができず、退いても帰還することができない。呉軍は、曹休軍につづく軍が
ないとみて、夾石に到ったのだ。いま、われらは猛進して、呉軍の不意を衝くのが
よい。『左伝(さでん)』にあるではないか。人に先んずれば、その心を奪う、と。呉軍はわ
が兵をみれば、かならず逃げ去る。もしもここで、あとからくる軍を待っていれば、
曹休軍は全滅し、さらに呉軍の備えは厚くなる。それから攻めても、どうにもなら
ない」

兵法の道理を説いて、賈逵は諸将の不安をぬぐった。これによって賈逵軍の将士
は、義侠に似た心をもって、さらに進攻をはやめた。超人的な速さであったといえ
よう。途中で賈逵は、旗と太鼓を増やして、軍の規模を大きくみせた。

賈逵の狙いはあたった。

曹休軍に兵力の大きな援軍がきたと観た呉兵は、あっさり退却した。そのため曹
休軍は全滅をまぬかれた。しかしながら、賈逵にいのちを救われたとはいえ、面目

を失った曹休は不機嫌そのものとなり、賈逵の顔をみるや、

「なんじの軍のなんと遅いことか」

と、悪態をついた。が、賈逵は顔色も変えず、まったく抗弁もせず、黙ってしりぞいた。それをにくにくしげに見送った曹休は、おさえがたい腹立ちをおぼえ、左右の者を賈逵の陣へ遣り、

「豫州刺史よ、なんじは途中で武器を棄ててきたであろう、いまからそれを拾いにゆけ」

と、いわせた。こうなると、もはややつあたりといってよい。仰首した賈逵は、その使者にむかって、

「われはもともと国家のために豫州刺史になっているのです。棄ててきた武器を拾いにゆくためにここにきたのではありません」

これが唯一の抗弁であった。

賈逵に睨まれた使者は気まずげに引き揚げた。とにかく賈逵が全滅寸前の曹休軍をかばい、数万の魏兵を救助したことは、まぎれもない事実であり、それは曹休の近臣でも否定できなかった。

帰還する曹休は、曹叡へ上書をおこなって謝罪した。しかしながら曹休は曹氏一門の重鎮であり、敗北の罪を問うわけにはいかないので、曹叡はすぐに屯騎校尉の

楊暨を使者に立てて、この敗軍の元帥を慰撫した。皇帝が気をつかってくれたことに甘える感じで、曹休は、

「賈逵が遅参したことが敗因であり、また賈逵が武器を棄ててきたので、反撃できなかったのです」

と、いいわけをした。失敗の罪を部下におしつける上司が醜悪な像にみられることを曹休は知らぬはずがないのに、あえてそれをした。むろんそのあとに自己嫌悪におちいったであろう。

それにひきかえ、賈逵は事実だけを報告した。いいわけめいたことは、いっさい書かなかった。

曹休と賈逵をくらべて、事の処しかたに優劣をみたおもいの人々は、

「賈逵のみごとさよ」

と、ひそやかに称めた。

すっかり評判を落とした曹休は、自責の念にかられ、苦しんだあげく、背中にできものが悪化して逝去した。

おなじ年に、賈逵も病気になり、危篤になった。かれは左右に、

「国の厚恩を受けながら、孫権を斬ることなく先帝にまみえるのは残念だ」

と、いった。賈逵は行政の手厚さによって州の官民に慕われており、その死を知

った官民は、かれを偲び、その偉業をたたえるべく石に文字を刻み、さらに祠を建てた。

のちに東征した曹叡は、車駕をその祠に近づけ、なかにはいった。

「賈逵は存命中に忠を尽くし勲功を樹てた。歿してからも思慕されている。死して不朽と謂うべき者である。それを天下に布告し、将来の勧奨とせよ」

そのように皇帝から絶賛された賈逵ではあるが、生前、都督として五万をこえる軍を率いて孫権と戦いたかったにちがいない。なおかれの享年は五十五で、粛侯という名がおくられている。

曹真
そう
しん

手を曳（ひ）かれて、闇のなかを走った。

その体感が、恐怖をともなって、夢のなかによみがえってくるときがある。

その日、その夜に、曹真の父の秦伯南（しんはくなん）が死んだ。

曹真の手を執（と）って走った人物こそ、曹操であり、父の友人であった。挙兵のため

に奔走しはじめた曹操が、州兵に追われて秦伯南の家に逃げこんだあと、州兵が家

のなかになだれこんできた。とっさに秦伯南は曹操と自分の子を裏口から逃がし、

家のなかに残った。州兵は曹操の顔を知らなかったようで、秦伯南をとりかこむと、

「曹孟徳（そうもうとく）は、どこだ」

と、殺気だって問うた。

「われが、そうだ」

そう答えた秦伯南は、ただちに斬られた。

曹真は父の死を知らずに、曹操に抱かれるように馬に乗せられ、夜道を走った。

いつのまにか闇を脱したらしく、道は月光で青白かった。

やがて馬上の曹操は、炬火の群れに迎えられて危地をのがれた。

父が曹操の身がわりとなって死んだことを知ったのは、曹真が十歳をすぎてから
である。

曹操の一門の子弟としてあつかわれるようになった曹真は、もとの秦とい
う氏を棄てて、曹という氏を与えられ、名は真となった。さらに父も曹邵という氏
名にかわった。つまり父は曹家の墓地に葬られた。

あるとき、曹操の従弟である曹洪が、あたりに人がいないとみるや、

「そなたの父を殺したのは、黄琬だ」

と、ささやいた。そのとき、黄琬がどのような人物であるのかは、曹真にはわか
らなかったが、とにかくその氏名を胸に刻みこんだ。

　　――黄琬は、父の仇だ。

その仇は、いまどこにいるのか。

それから一年余がすぎたころ、曹操の属将が長安城の異変について話しているこ
とを、たまたまきいた。首都の長安が董卓の配下であった諸将に攻められて陥落し
たのが、昨年の六月で、その際、三公九卿以下、多くの高官が戦死したり処刑され
たりしたらしい。

「司徒の王允と司隷校尉の黄琬も殺されたようだ。王允は呂布をつかって董卓を誅

殺したので、かれらに怨まれていたのはわかるが、黄琬は董卓にとりいっていたの
だろう。あれは擬態であったのか」

曹真の胸は、この話し声に突き刺された。

──黄琬が死んだ……。

その黄琬とは、父の仇の黄琬なのか。胸のなかに暗雲が垂れ籠めたように感じた
曹真は、趨った。曹洪を捜した。ようやく曹洪をみつけたので、荒い息のまま、

「長安で黄琬が殺されたときききました。その者は、父を殺した黄琬ですか」

と、まっすぐに訊いた。

「そうだ……」

おもむろに腰をあげた曹洪は、建物の外へ曹真をつれだして、土の上に坐らせた。

「そなたは賢いから、これからわれわれが話すことを理解するだろう」

曹洪はそうまえおきして、曹操が挙兵する前後についてくわしく語った。

霊帝という皇帝が崩御したあと、王朝の主宰者となった何進という大将軍が宦官

に暗殺されたため、宮城の内外は大混乱となった。多くの血がながされたあと、西

方の兵を率いてきた董卓が、武力によって群臣を恫喝し、政治の実権をにぎった。

「主はその荒々しいやりかたを嫌い、帝都をでて帰郷なさろうとしたのだが、董卓

に憎まれて、諸郡に手配書をまわされた。その手配書に応じたのが当時の豫州刺史

の黄琬であった。かれは州兵を動かして、挙兵の準備に奔走する主を、捕斬しようとした。実際にそなたの父を斬ったのは州兵だが、斬らせたのは黄琬だ。董卓の命令を忠実に実行した黄琬は、そのあと、すぐに中央に辟かれて、いきなり司徒という高位に昇った」

この曹洪の話を、曹真は強く唇を噛みながらきいている。

「その後、黄琬は司徒を罷めさせられたが、太尉に移り、翌年、罷免された。光禄大夫に貶とされたのだが、一年余あとには司隷校尉となった。うまく官界を泳いだというべきだろう。董卓に従うようにみせて、裏では背いていたのかもしれない。そのあたりをみぬかれて、董卓の属将であった李催に殺されたのだろう。そなたの父の仇は、もうこの世にはいない」

そうおしえられた曹真は、肩を落とし、うなだれた。膝の上に涙が落ちた。

——かならず黄琬を捜しだして、討つ。

これを人生の主題にすえた曹真は、気を張って月日をすごしてきたのである。まだ十代のなかばに達していないのに、武術を習いはじめていた。しかしながら、仇である黄琬が死んだとなれば、すべてが虚しくなった。

涙をながしつづけている曹真の肩に手を置いた曹洪は、

「真よ、人にはそれぞれ天によって定められた命運がある。そなたは、仇を討つ手

を血でけがさずにすんだ。そなたにかわって天が黄琬を誅したのだ」

と、さとした。が、曹真は、

——へたななぐさめかただ。

と、感じた。天にむかって、黄琬を殺してください、とたのんだおぼえはない。

だが、うつむいている曹操の表情をたしかめない曹洪は、

「そなたのその手を、天はほかにつかわせようとしている。おそらく人を殺す手で

はなく、人を救う手にさせたいのだろう」

と、いい、小さく笑声を立ててから、去った。

曹真は坐ったまま、しばらく自分の手をみつめていた。

ほどなく曹操と属将はこぞって徐州の陶謙を討伐するために遠征した。

むろん幼い曹真は従軍せず、鄄城に残った。この城を留守するのは、荀彧と程昱

という重臣で、ほかに千に満たない兵がいるが、あとは婦女子と老弱ばかりである。

曹真はふたりの少年と親しくなった。

ひとりは曹遵といい、いまひとりは朱讃である。

ふたりは曹真と似た境遇で、孤児になったため、曹操にひきとられて養育されて

いる。三人が連れだって城外に遊びにでたとき、朱讃が、自分の身長より高い秋草

を手折りながら、

「主は仇討ちのために徐州へ征ったのさ」

と、いった。このことばが曹真の感情をさかなでした。曹真は悒としつつ、

「ほんとうに――」

と、念をおすように問うた。

「ほんとうさ」

「主はずるい」

――主はずるい。

　曹操の父の曹嵩と弟の曹徳は、戦火のおよばない地を捜し、泰山郡の華県に避難していた。ほぼ兗州を制圧して落ち着いた曹操は、父と弟を迎えるために将士を遺ったが、かれらが到着するまえに、ふたりは陶謙配下の兵に殺害されていた。朱讚はその大略を知っていた。

　曹真はむしょうにくやしくなった。父と弟の仇を討つためにあれほどの大軍を率いてゆく曹操をうらやんだ。きっと天下の人々が讚えてくれる仇討ちになるだろう。

「真よ、なんという顔をしている」

　曹真の心情を察したらしい曹遵がたしなめた。その声に背をむけた曹真は、もっていた小刀をぬいて、

「ええいっ――」

と、あたりの草を切った。そのあと、わめきながら、切って切って切りまくった。

曹遵と朱讚はあきれたように曹真を見守っていたが、曹真が草中に沈むと、

「草にもいのちがある。むやみに切ってよいものではない。草はおのずと枯れる。そのまえに切ってもかまわないのか、真よ、よく考えよ」

と、強い声をかけたのは、年長者の曹遵である。

草中に坐った曹真は曹遵を睨んだ。それをみた朱讚は、曹遵の袖を引き、帰ろう、とささやいた。だが、朱讚の手をふりはらった曹遵は、あえて曹真の横に坐り、

「切った数だけの草に怨まれると、いつか草に祟られる。いまここで、謝っておけ」

と、いった。

「いやだ。草は人ではない」

「なんじは賢いとおもったが、阿呆だな。人でなければ、いためつけてよいのか。朽木は彫るべからず、と孔子はおっしゃったが、まさにその通りだ」

曹遵は怒ったようにいったあと、草にむかって曹真の名を告げては、低頭し、謝りながら歩きまわった。

――変なやつだ。

曹真は奇妙な感じに襲われた。自分のかわりに草に謝りつづけている曹遵は、十歳になるまえに儒教の経書を読みはじめ、ときどき老人が好むような古めかしい教

訓を説く。しかし草にもいのちがあるという思想は、儒教からきているわけではな
く、おそらく父母から誨えられたことであろう。そういう慈仁に満ちた家庭で育っ
た曹操は、喪った父母が急に恋しくなったのかもしれない。

曹遵に付いてゆけず、曹真にも近寄れない朱讃は、困りはてたような顔で佇んで
いた。

怒りのおさまらない曹操は、兗州にもどるとすぐに再遠征の準備を命じ、四月に
出発した。

徐州を攻めた曹操軍は、敵地で越冬し、二月に兵糧が尽きて撤退した。

——陶謙を討ちそこなった。

と、曹遵は胸をおさえていった。

「兵の休息が短すぎる。いやなことが起こらなければいいが……」

曹遵が感じたような不安をまったく感じない曹真は、朱讃をつかまえて、

「仇である陶謙がまだ生きているのだから、主ができるかぎり早くかれを討ちたい
のは、当然だろう」

と、いって、反応をみた。

朱讃は別のことを考えているらしく、

「うん、そうだね」

と、こたえたものの、曹真の意いに同調したようではなかった。曹真はふたりに

置き去りにされている感じなので、

——われは智慧が遅れているのか。

と、拳で自分の頭をたたいた。

やがて、突然、鄄城は呂布の兵に攻撃された。

耳が早い朱讃は、曹真と曹遵のもとにきて、

「陳宮が裏切ったんだ」

と、怒りをまじえた声で告げた。事実であった。徐州討伐にむかった曹操は、兗

州の治安を謀臣である陳宮にまかせた。ところが陳宮は、兵が出払った州内をみて、

陳留郡の太守の張邈と共謀し、まだぞんぶんに武力を発揮できないまま、さまよ

っている呂布を招き、兗州平定を敢行した。かれらは曹操を援助すると称して兵を

動かすと同時に、鄄城をだまし取ろうとしたが、留守の荀彧に疑われたために、一

転して、力ずくで城を奪おうとした。

「われの出番だ」

そう叫んだ曹真は、弓矢をつかむと、すばやく城壁に趨り登った。大きな楯を林

立（りっ）させていた城兵は、曹真をみるや、

孺子（じゅし）は、下がっておれ」

と、叱声（しっせい）を浴びせた。が、曹真はひきさがらず、

「われは役に立ちます。この弓を引けます」

と、胸を張って勁弓（けいきゅう）を突きだした。

「この弓をか……」

城兵のひとりが弓の弦（げん）をたしかめて、おどろいた。弦の勁さは尋常ではない。

「よし、ここから射てみよ」

矢狭間（やざま）のまえに立たされた曹真は、らくらくと弦を引き、眼下の敵兵にむかって矢を放った。ほぼまっすぐに飛んだ矢は、まさに、

「勁矢（けいし）」

と、いってよく、この矢をうけた兵は骨さえ砕（くだ）かれるであろう。落下していった矢をみとどけた二、三の城兵は、

「ほう、ほう、孺子よ、やるではないか」

と、称（ほ）めた。

この日から曹真は射手のひとりとなって城壁の上に立つことになった。なにしろ城兵が寡（すく）ないので、女と子どもも武器や食べ物を運んで、日夜、兵の手助けをした。

呂布の兵には寛容さがいっさいないときかされている城兵と住民は、この城が落ちればみな殺しにされるとおののき、必死に防戦せざるをえなかった。

鄧城は敵兵の猛攻に耐えつづけた。

この攻撃の回数が激減すると、下にいた曹遵が朱讚とともに上に登ってきて、敵陣のようすを瞰た。

「敵兵は攻め疲れて、だれ切っている。まもなく引き揚げるよ」

この声をきいても、曹真は首を揚げず、無言のままであった。楯に背をあずけ、足をなげだして、なかばねむっていた。疲れはてて、もはや腕があがらなかった。

曹真の両脇に坐った曹遵と朱讚は、この少年戦士の背と腕を撫でつづけた。

翌日、敵の将卒は去った。

鄧城のほかに、范城と東阿城も落ちなかった。この三城が残ったことで、呂布は兗州平定に失敗し、徐州から帰還した曹操はそれらの城を足がかりにして反撃を開始した。晩秋からはじまった呂布との戦いは、たやすく勝負がつかず、翌年の仲夏までつづいた。

「呂布が徐州へ去った」

この声につづいて、城内のあちこちで歓声があがった。が、曹遵と朱讚は浮かない表情をしていた。

ふたりにかくしごとがあるとみた曹真は、ふたりを城外につれだして、草中にすえた。

「なぜ、喜ばぬ」

ふたりは目を合わせ、それから朱讃が口をひらいた。

「われに悪いところがあれば、はっきりいってくれ」

曹真は隠匿を嫌う性質をもっている。とくにこのふたりの友人には正直でありたいとおもい、そのようにつきあってきたつもりである。

「なんじに悪いところはない。悪事があったのは、主だ。徐州で殺したのは兵だけではない。武器をもたない州の民を大量に殺した。死体によって川のながれが止まったとさえいわれている。父母や兄弟を失った者は、徐州にとどまることができず、放浪しながら主を怨みつづける。そういう者が、何千、何万もいると想ったほうがよい。つまり主は徐州の民の仇となった」

それを承けて曹遵が、

「陳宮が裏切ったのも、主の残虐さを嫌ったからではないか、とわたしは思っている」

と、いった。

曹真は呆然とした。

曹操の仇討ちの実態がそのように醜悪であったことを信じた

くなかった。しばらく草をみつめていた曹真は、突然、

――そういうことか……。

と、覚醒した。自分がむやみに草を切ったことは曹操が徐州でおこなったことと

変わりがない。

湿ったまなざしを曹遵にむけた曹真は、

「ゆるしてくれ」

と、いい、ひたいを地にすりつけた。すぐに曹遵はふるえつづけている曹真の背

を軽くたたき、

「なんじは阿呆ではなかったな。だが……、主は、その一事で天下を取れまい。残

念だ」

と、いった。

この日から曹真は、曹遵の手ほどきをうけて、すこしずつではあるが、経書を読

みはじめた。

「むずかしい道徳書は、すぐにいやになるだろうから、これを読め」

そういった曹遵が曹真に与えたのは、『春秋左氏伝』であった。この書物のもと

になっているのは『春秋』という編年体の記録で、その注釈のひとつが『左氏伝』

である。

だ」

「恵公の元妃は孟子である。孟子が卒したので、声子が正室を継ぎ、隠公を産ん

と、ある。学問をしてこなかった曹真にとって、このわずかな文を読んだだけで、

──われにはまったくわからない。

と、書物をなげだしたくなった。

「うん、この書物は、歴史書だから、わかってくると、おもしろくてやめられなく

なる。この恵公という人は、九百年以上もまえの魯の国の君主さ。孟子とよばれて

いる人が正室だったけれど、亡くなってしまったので、側室の声子が正室になった。

この声子から生まれたのが隠公で、かれの時代から、魯だけではなく、いろいろな

国の歴史が書かれている」

と、ていねいに説いた。

「子というのは、男子の尊称だろう。昔、孟子という儒者がいたときいたことがあ

る。その孟子がなぜ女性なのか」

わからないことを、わかったふりで通過したくない曹真である。

「そうそう、そういう疑問が生まれるところに、歴史書のおもしろさがある。教え

られるだけではなく、なぜ、と問い、自分で考える力が培われる。ここの子は、尊

称ではなく、姓だ。当時、各国の公室には姓があり、子という姓をもっていた国の
なかで大きかったのは宋だ。宋はいまの梁国にある睢陽だ。その国の公女が嫁いで
きたので、実家の姓をもっていたというわけさ」

「えっ、では、孟子と声子が同時に嫁いできた……」

「公室の婚礼とは、そういうもので、ふつうは姉妹が嫁ぐけれど、妹がいない場合、
姪（めい）が従ってゆく」

「そういうことか……」

ようやく興味が湧いてきた曹真は、半年ほど曹遵に解説してもらったあと、独り（ひと）
で『左氏伝』を読めるようになった。

進歩したのは学問だけではない。武術に関しても、騎射がおどろくほど上達した。
曹丕が騎射の練習に誘ってくれたからである。

曹操の長男は曹昂（そうこう）といい、この青年は正室の子でもあるので、嫡長子（てきちょうし）というべき
で、当然、曹操の後嗣の席にいた。曹丕は第二夫人というべき卞夫人（べん）の長男なので、
後継の列にはいなかった。それだけに注目されることがすくなく、気楽に遊びまわ
ることができた。

父の曹操は、かつて挙兵後に惨敗したこともあり、曹一門の婦女子と子弟は逃げ
まどうこともあった。その際、曹丕は曹真に背負われた。それを憶（おぼ）えている曹丕は、

特別に親しく曹真に声をかけた。

鎧が発明されたこともあって、乗馬にすぐれていた曹丕は、八歳で馬上で矢を射ることができた。曹丕に馬を与えられた曹真は、すでに壮士の弓矢の術にまさる術を体得していたので、馬上で三か月もすごすと、

「なんじにはかなわぬ」

と、曹丕にいわせるほど騎射の達者となった。

狩りの好きな曹丕につねに随従する曹真は、その従者のなかに朱讃と曹遵を加えてもらえるように、ふたりに騎射を教えた。意外なことに、敏捷そうにみえる朱讃よりも、ひごろおとなしい曹遵のほうが上達は早かった。半年後には、曹丕の従者となった三人はそろって狩りを楽しむようになった。

曹真が成人となったころ、曹操はすでに官渡の戦いで袁紹に大勝していた。

――袁紹の威信は衰微してゆくだけであろう。

と、予断した曹操は、最大の圧力をはねのけたあとの快感を満喫するために、大規模な狩りを催した。曹操一門の子弟がこぞって参加した狩りで、当然、そのなかに曹真、朱讃、曹遵がいた。

　——深い森だ。

　森のなかの空気は冷えており、濃い緑の底に猛獣がひそんでいそうである。曹真が用心深く馬をすすめてゆくうちに、朱讚が離れ、ついで曹遵の姿もみえなくなった。

　——鳥の鳴き声もしない暗がりにはいった。

　——静かすぎる。

　いちど馬を駐めて左右を観た曹真は、しばらくそのままで耳を澄ました。異状はないとみきわめたおもいの曹真が、ふたたび馬をすすめようとしたとき、前方の大樹の脇に影が湧きでた。

「むっ」

　曹真は矢をつかんだ。直後に、

「子丹、うしろだ」

　曹真のあざなを呼んだその影が、曹操であるとたしかめるまもなく、馬首をめぐらせた曹真の目に、襲ってくる虎が映った。

　弓の弦が鳴った。　虎は倒れた。

　飛矢が速すぎて、まるで弦の響きによって虎を倒したように曹操にはみえた。

「やあ、やあ、みごと、みごと」

　と、曹操は称めちぎった。　それはそうであろう。　曹操の声にとまどわず的確に反

応したのは、危険を予想していたからであり、その動作にも軽忽さがまったくなかった。曹真の弓から放たれた矢が虎の顔面を割るほど勁かったのは、曹真の胆力の表れといいかえてもよい。

――子丹には将器がある。

一目でそう見抜いた曹操は、狩りを終えてから曹真を呼び、

「なんじに騎兵の一隊をさずける」

と、いった。この騎兵隊は、

「虎豹騎」

と、呼ばれる精鋭の騎兵集団のひとつである。任命を承けた曹真はさっそく曹遵と朱讃に会い、

「われを佐けてくれ」

と、頭をさげた。曹遵には予見力と判断力がある。朱讃には情報収集能力がある。千人を超える騎兵を誤ることなく進退させるためには、どうしてもこのふたりの助力が要る。隊長の個人的武勇で隊をひっぱってゆくことには限界がある、と曹真は考えていた。人の上に立つ者のほんとうの偉さとは、下の者の能力をみつけて抽きだす眼力が基底となっている。曹操をみればわかる。

――人を活かすことで、おのれをも活かしている。

徐州で多くの人を殺したことにたいする反省が、そうさせているのかもしれない。

それはそれとして、曹真に懇願された朱讃はわずかにいやな顔をしたが、曹遵は

からりと笑い、

「わかった」

と、快諾した。それをみた朱讃は無言のままうなずいた。

実戦にでるまえに、それを曹真に忠告した。

「兵法書を読むな」

前漢の時代から読まれている兵法書は、五十以上ある。それらの書の一篇も読まなくてもよい、と曹遵はいう。

「おい、おい、主は孫子の兵法書を暗誦できるほどお読みになっているではないか」

曹操の奇策や奇襲は、兵法書を読んだことから発想されたのではないか、と意っている曹真は、兵法書を読んでこなかった自分が侮辱されたように感じた。

曹遵は曹真の感情の高ぶりをなだめるように微笑した。

「なんじは『左伝』を熱心に読んだ。それで充分さ。戦国時代に、兵法書を読みすぎて大敗した趙の将軍がいた。兵法書には薬もあるが毒もある。主の才能はそこから薬をとりだすことができるが、主の才能におよばない者は毒にあたって、兵を失

い、身を滅ぼす。なんじの才能は主にまさるか」

「それは……」

　自分の才能が曹操にまさるはずがない。それくらいの自覚は曹真にもある。

「戦場は臨機応変の場だ。知識をひけらかす場ではない。じつは兵法書の教えにしばられた趙の将軍をたたきのめしたのは、秦の将軍の白起だった。この将軍は奇策を弄することはしないが、戦えば、かならず勝った。個人の武勇伝をもたず、読書家でもなかった白起が勝ちつづけたのは、なぜか」

「さあ……」

　曹真は首をひねった。

「軍をひとつの大家族にしたからだ。兵を弟や子のごとくいたわり、結束を強靭にし、しかも将軍の手足のごとく使えるようにした。兵は将軍を父のように仰ぎ、水も火も恐れずにすんだ。なんじは白起をみならえばよい」

「そういうことか」

　曹真はいちおう納得した。が、独りになって考えてみると、配下の兵を家族のようにまとめるにはどうしたらよいのか、わからなかった。そこで朱讃のもとへゆき、曹遵から教えられたことを話し、自分の悩みをうちあけた。

　朱讃には気むずかしさがあるものの、弱い者や困っている者に手をさしのべる俠

勇の心がある。自分に頭をさげた曹真をみると、すぐに、

「むずかしいことではない」

と、いった。

隊長あるいは将軍になっても、配下の兵とちがう特別な食事を摂らないこと、つまり平等を印象づけるために兵とおなじ物を食べればよい。それについても注意点がある。

「いかなるときも、兵をさきにして将はあとだ」

食事も、兵が食べ終わるのを待って、将は食べはじめる。兵営にもどるときも、兵をさきにいれる。就眠についても、すべての兵がねむったあとに、将はねむる。

「なるほど」

曹真は小さく膝を打った。

「賞罰をきちんとしなければならないのは、軍隊だけのことではない」

どんなに小さな成功と失敗にも、将は的確に対応し、看過してはならない。とくに悪に関しては注意が必要で、ささいな悪に目をつむると、目をひらいたときには、手のほどこしようもない大きな悪になっている。

「ああ、善言だ」

曹真は朱讃の性質の底にある親切心にふれたおもいで、大いに感謝した。

「われは配下の兵を子弟とおもうより、自分の四肢だとおもって戦ってゆく」

曹真はここで得た信念を生涯つらぬくのである。

このあと曹真は、曹遵と朱讃の翼を得て、若いながらも血気にはやることなく、麾下の兵をおもいやりながら、曹操に従って戦場をかけめぐった。

が、三十歳になるまえに、痛恨事があった。心の支えにもなってくれていた曹遵と朱讃が、あいついで病歿してしまったのである。

――なんたることか。

両翼を失った曹真は、悲嘆にくれた。しかし、自分よりも深い哀しみのなかにいるのが、両人の妻子であると気づき、両家を陰助することにした。

この陰助に関しても、曹真は死の直前までやりつづけたのであるから、かれの情義の篤さは尋常ではなく、友情の鑑といってよい。

晩年の曹操は、漢中王と称することになる劉備を征討の的とした。

魏王となっていた曹操は、みずから西行して長安までゆき、そこを策源地とした。

すでに中堅将軍の官位にあった曹真は、曹操に従って長安にはいったが、そこでおもいがけなく中領軍の官をさずけられた。中領軍は近衛兵を掌握する重職で、そ

れほど曹操に信頼されるようになったということである。

だが、劉備との戦いは困難の連続であったといってよい。前線における魏軍の将帥は夏侯淵であったが、この歴戦の良将が、劉備に敗れて、戦死した。

——まさか。

曹操は小さな動揺をおぼえた。この動揺が魏軍全体にひろがることを恐れた曹操は、将帥を失った諸軍をみずから救出すべく漢中にむかった。その際、曹真は、

「征蜀護軍」

に、任命された。護軍というのは古くからある官名で、皇帝あるいは王の代理として軍を監督する強い権限をそなえている。

曹操の命令で、斜谷を通って漢中郡にはいった曹真は、西へ西へと移動して、陽平に到った。夏侯淵が戦死した地である。その地を守備していたのが、劉備の属将の高詳である。曹真は果敢に戦いを挑み、高詳の陣を撃破した。この捷報を曹操に送ると、折り返し、

「なんじは武都までゆき、曹洪らを迎えて、引き返して陳倉に駐屯せよ」

という命令がきた。

武都郡には曹洪などの将が軍を展開させていて、いわば夏侯淵をうしろから支え

ていた。が、前線の軍が潰（つい）えてしまったかぎり、かれらの活動は戦略的意義を失った。

曹洪の陣にはいった曹真は、

「王のご命令をお伝えする。撤退すべし」

と、大声でいった。曹洪は横をむいていた。そんな命令には従いたくない、といった顔である。曹真は曹洪に詰め寄って、

「それがしに従って引き揚げてください」

と、強くいった。曹洪は目をそらしたまま、

「われらが引き揚げれば、武都を失う。そんなこともわからぬのか」

と、いって鼻晒（びしん）した。

――この人のいう通りだ。

と、曹真にはわかる。苦労して平定した郡を手離すくやしさもわかる。しかしながら、曹操は益州北部（えきしゅうほくぶ）から全面撤退をするつもりであり、その後に武都郡に魏軍が残っていると、支援することがむずかしい孤軍になってしまう。

「将軍、お起（お）ちください。あなたが先頭になって引き揚げないと、ほかの諸将も動きません」

曹洪にまともな反応はなかった。かれは近侍の兵を手で招き、あえて雑談をしは

じめた。

　無視された曹真はさすがに慍然とし、曹洪の話し相手になっている兵を突き飛ば
して、曹洪の視界に踏み込み、

「あなたは王のまえでもこのように不遜なのですか。あなたはご存じないかもしれ
ませんが、われは征蜀護軍に任ぜられました。われは王にかわってあなたに命じて
いる。命令に従えないのであれば、軍法に照らして、あなたを処罰します」

と、いった。目をあげて曹真を睨んだ曹洪は、

「ふん、あの孺子が、いまや護軍とは──」

と、皮肉をまじえていったあと、しぶしぶ腰をあげた。

　曹洪は曹操が挙兵したときからの忠臣であるが、都護将軍まで昇ったとはいえ、
その功の大きさのわりに位は高くない。自分の半分の武功も樹てていない曹真に指
図されたことで、不満と苛立ちが噴出したのであろう。そういう曹洪の感情の側面
を察知できないほど魯鈍ではない曹真は、むしろ曹洪に敬意をいだいていたが、曹
操の命令を実行するために、あえて厳峻を保った。それをみていた兵は、

「両人に隙あり」

と、いい、曹真と曹洪は仲が悪いと吹聴した。　曹真にとってたいそう迷惑なこと
であった。

曹操が漢中にいた魏軍を救出するかたちで長安までしりぞいたのは、建安二十四年（二一九年）の五月であり、それから八か月後、つまり翌年の正月に、曹操は薨じた。

神智をもっていると諸将にたたえられた曹操だが、どうしても天下平定をなせなかった。昔、徐州の民を虐殺したことが、曹操の霸業を完成させなかったのか。曹操の葬儀のさなか、親友であった曹遽のことばを、曹真は憶いだしていた。

時を移さず魏王の位に即いたのは、曹丕である。

かれは庶子として生まれながら、嫡長子である曹昂が戦死したため、王位継承権を得た。運の強い人である。さらにその運の強さは発揮されて、年内に禅譲がおこなわれたため、曹丕は皇帝となった。禅譲とは、世襲による皇位継承をやめて有能な臣下に皇位をゆずることである。

後漢王朝の時代は献帝で終わり、三国時代がはじまったのである。皇帝となった曹丕は、積年の怨みがあり、それを晴らそうとした。後漢王朝を創立した光武帝は、過去の怨みをことごとく棄てるほどの宏器であったが、曹丕はそこまで大きい器量をそなえていない。

その怨みのまとにされたのが、曹洪である。

若いころの曹丕は、さほど豊かではなく、銭が尽きかけたとき、恥をしのんで曹

洪のもとに借財に行った。曹洪の家が富んでいたことを知っていたからである。が、

曹洪はよけいな銭をつかわない人で、倹約家といってよく、また当時の曹丕が正夫

人の子ではなかったことを軽んじて、冷淡に拒絶した。

——曹洪め、この怨みは忘れぬぞ。

そのときおぼえたくやしさはすさまじく、曹丕の胸裡を焼くほどの怨憤の炎は、

年月にさらされても消えなかった。

側近に命じて曹洪のわずかな過誤でもさぐらせた曹丕は、

「曹洪どのの食客が法を犯しました」

という報告に接するや、ただちに曹洪を獄に下した。　曹丕がかならず曹洪を誅す

であろうと察した曹真は、

——まずい。

と、憂慮した。曹洪はこの王朝にとって特別な臣であり、戦場でのかれの働きが

なければ、のちの曹操はなかったとさえいえる。それを知っている群臣は、私怨に

よって曹洪が誅されれば、曹丕の狭量を恐れ、王朝の未来に絶望して、いっせいに

離心し、王朝がかたむく原因をつくることになろう。曹丕の時代を暗いものにした

くない曹真は、諫言を呈すべく、閑日の曹丕に近づいて、

「いま主上が曹洪どのを誅殺なされば、曹洪どのはかならずわたしが譖したとおも

うでしょう」

と、いった。譖は、そしる、と訓む。

が、曹丕は不機嫌に、

「われがみずから裁くのだ。卿にかかわりはない」

と、いって、曹真の諫言に耳をかたむけなかった。

曹丕の怨みの深さを察した三公九卿はその件に関して口をつぐんだ。そのため曹

洪のいのちは風前の灯となった。

――どうしようもないのか。

曹真は頭をかかえて青ざめた。

たれも救えない曹洪のいのちを救ったのは、曹丕の生母である卞太后である。こ

の人は賢夫人といってよく、曹洪の刑死がいかに大きな打撃を王朝に与えるかがわ

かっていた。そこで卞太后は曹丕を叱っただけではなく、郭皇后を呼びつけて、

「もしも曹洪が死ぬようなことになったら、あなたを皇后の位からおろします」

と、真顔でいった。けっして曹洪を死罪にはさせないという卞太后の強い意思が、

郭皇后を慄わせた。おびえた郭皇后が泣きながら曹丕に訴えたことで、ようやく曹

洪は出獄することができた。しかしながら曹洪は官職を免じられ、領地は削られた。

「昔、絹を貸さなかったことくらいで、あのように酷くあつかわれるとは」

そうささやきあって、釈然としない臣民は多かった。

幼いころから曹丕の近くにいた曹真は、曹丕が剛愎であり、それが長所になると同時に欠点になることはわかっていた。その欠点をめだたぬようにすることが曹真のつとめであることを自覚していたものの、曹丕が皇帝となったいま、かつてはどれほど親しくても、臣下の立場ではなすべきことに限界があると痛感した。なにはともあれ、最悪の事態を回避したのであるから、

――この王朝は、卞太后によって救われた。

と、曹真はおもった。すでに曹操は薨じたとはいえ、かれの智慧は遺されて、王朝を制御している、といえなくはない。

曹真の位はますます高くなった。

鎮西将軍・仮節・都督雍涼州諸軍事に任ぜられた。

「西方のことはすべてなんじにまかせた」

と、曹丕にいわれたようなものであった。

もっとも西の州である涼州のなかの酒泉郡と張掖郡で叛乱が起こり、その後も治安が不安定になったので、曹真は西征をおこない、将軍の費曜をつかって、鎮静をはたした。

遠征中に本営にはいってきた佐将が、

「風聞があります。蜀の劉備が呉を攻めたそうです」

と、声を低めて曹真に報告した。

「まことか……」

　先年、呉の孫権は荊州を奪うべく呂蒙などの将をつかって、荊州で支配力を強めている関羽を討った。関羽の死によって荊州のすべてが呉の版図となったことを知らぬ者はいない。荊州はもともと劉表の支配地であり、劉表の死後、客将であった劉備が平定した。しかしながら劉備が孫権の協力を得なければ、その軍事が成功しなかったことも事実なので、荊州の支配権の所在は明確にならなかった。劉備が益州へ移ってからも、重臣の関羽が荊州に残ったのは、

　――支配権はこちらにある。

という意いが強かったせいであろう。むろん孫権はそれを認めず、ついに関羽を殺して荊州を得た。ただし関羽を攻めた呂蒙が狡猾な手を用いたため、関羽の死後ほどなく呂蒙が病死したので、

　――その譎謀に天罰がくだったのだ。

と、いって、荊州の支配者が替わったことを嘆く官民がすくなくなかった。曹真は遠くからそう眺めていたが、劉備と孫権は同盟していながら仲がよくない。劉備がほんとうに呉を攻めたとなれば、これはおどろきである。呉はぬけめなく魏

に使者を送ってきているが、蜀はいっさい魏との交誼を求めない。そのうえ、呉と
の同盟を破棄すれば、蜀は孤立してしまう。

「それほど劉備は荊州を奪回したいのかな。　欲望が大きすぎて、身のほど知らずに
みえる」

と、曹真は晒った。が、佐将は表情を変えず、

「劉備が呉を攻めたとすれば、別の意いがあったからではないでしょうか」

と、私見を述べた。

「別の意い……、それは、なにか」

「関羽の仇を討つためではありませんか」

「まさか――」

臣下が主君の仇を討とうとしたという話は戦国時代にあったが、そういう例はす
くない。　儒教が人々に教えたことは、

――父の讎はともに天を戴かず。

というもので、仇討ちといえば、かならず父を殺した者を殺すことをいう。しか
るに臣下の仇を、皇帝と称した者が討とうとすることなど、きいたことがなく、あ
りえない。

が、佐将はまなざしをあげて曹真をみつめると、

「劉備とは、そういう人ですよ」

と、いい、微かに笑った。

急に曹真の胸が熱くなった。一臣下の死を哀しみ、仇を憎んで、皇帝が国を挙げて復讎をする。これはみかたによっては前代未聞の暴挙であろう。だが劉備は関羽を臣下とはみなさず、肉親であるとおもってきたのだ。関羽とともにくぐりぬけてきた艱難辛苦が、どれほど長く、どれほどすさまじいものであったかを、劉備は天下に知ってもらうために出師したにちがいない。

——吁々。

曹真は涙がこぼれそうになるのをこらえた。魏にあっては、劉備を英雄であると認める者はほとんどいないが、この一挙によって、劉備が情において比類のない人であることが曹真にはわかった。おなじく情の人である曹真は、

——われは劉備を応援する。

と、胸裡でつぶやいた。

西方から帰還すると、曹真には昇進が待っていた。上軍大将軍・都督中外諸軍事がそれであった。曹丕から節と鉞が授けられた。節は旗で、遠征時の法の独裁を皇帝から許可されたという印であり、鉞はまさかりで、これは軍事における独断が許された印である。

曹真が洛陽に帰着したとき、蜀と呉の戦いはまだつづいているようであり、曹丕は劉備の戦いぶりについて、

「あれほど兵站が長くつらなっていては、それを保つのは至難であり、まもなく破られようよ」

と、批判した。

江水とその沿岸の邑が戦場となっているとすれば、補給路が長くなるのは当然である。劉備は慎重にその補給の拠点を多く造ったのであろう。それがかえって攻略上の弱点になるのであろうか。

曹真にとって曹丕の声は遠かった。

それからひと月も経たないうちに、劉備の敗退があきらかになった。兵法書を読んでこなかった曹真は、

「劉備のなにが悪かったのか」

と、つぶやいた。たれに問うてもその答えを得られそうもないとおもった曹真は、

――そうだ、曹洪どのがいる。

と、膝を打った。

曹洪は官職を免じられたあと、財産も没収されたが、下太后の口ぞえのおかげで、財産は返された。その後、洛陽のなかで隠遁者のような生活をしている。

微服してその家を訪ねた曹真は、いきなり門前払いをくわされた。二度目の訪問も同様であったが、曹真は懲りずに三度目の訪問をこころみた。はじめて戸外に顔をみせた曹洪は、

「どの面下げてここにきた」

と、曹真をののしった。が、曹真はよけいなことをいわず、一礼した。その容姿を睨んでいた曹洪は、

「はいれ」

と、幽い声でいった。

昔、曹操が司空になったとき、税の徴収のために諸家の財産を調査させたことがあった。そのとき出身地である譙県の令から送られてきた報告書をみた曹操が、

「われの財産が、子廉（曹洪）のそれと、おなじはずがあろうか」

と、叫ぶようにいったことがあった。

それほどの財産をもっている曹洪であるから、隠遁生活といっても、多くの家人と婢僕が邸内で働いており、悠々自適にすごしているようであった。

端座した曹真は曹洪にむかって頭をさげた。

客室に坐った曹真は、まず、

「わたしはあなたを譖したことはありません」

と、いった。苦く笑った曹洪は、

「わかっている」

と、うなずいたあと、皇帝に寵幸されすぎると、かならず妬まれ、根も葉もない

うわさを立てられる、用心することだ、といった。

「わたしがあなたを訪ねたことも、主上に密告されますか」

曹真がそういうと、曹洪はすこし機嫌をなおして、

「ふん」

と、鼻を鳴らした。

「かつてわたしは友人から兵法書を読むなといわれました。そのほうが用兵を誤ら

ないと信じて今日までできました。が、蜀の劉備が呉を攻め、その攻めかたに大過が

なかったようにみえたのですが、夷道に近い猇亭で大敗し、蜀軍は崩れに崩れて、

劉備は敗走しました。劉備の兵略のなにがいけなかったのか、わたしにはどうして

もわからず、それについて的確に指摘できる者も近くにいないので、歴戦のあなた

に教えを乞いにうかがったのです」

「兵法書を読むな、というのは、すぐれた忠告だ。戦場は巨大な生き物の背に乗っているようなもので、刻々と変わる。あれほど兵法を熟知していた武帝（曹操）でさえ、いくたびも負け、死にそうになった。勝敗を兵法の理で説明できようか」

「そうですか……」

たまたま劉備は負け、劉備を襲った呉の将軍はたまたま勝ったのか。曹遵あるいは朱讚であれば、そうはいわない。親友を喪ったさびしさをここでも感じた曹真が退室しようとすると、

「なんじは、他山の石で、おのれを磨こうとするか。みあげたものだ」

と、曹洪に称められた。

「わからぬことを、自分で考えず、すぐ人に問う横着者です」

「学問嫌いの漢の高祖（劉邦）も似たような横着者であったが、天下を取った。取ったのは、天下の人々の心だ。劉備が呉の人々の心を取っていれば、負けることはなかった。呂蒙が関羽に勝ったのは、内を崩したからだ」

背中でこの声をきいた曹真は立ち止まり、ふりかえって、曹洪にむかって再拝した。

さらに曹洪は、

「なんじを大樹将軍のごとし、と称める者は、ひとりやふたりではない。ただし大樹将軍は天下平定が成るまえに逝った。なんじも健康には留意せよ」

と、めずらしくやさしいことばをかけた。

大樹将軍とは、後漢王朝の創業期に、光武帝を輔けた名将の馮異をいう。馮異は連戦の戦場にあって、諸将がおのれの功を自慢しはじめると、そこからしりぞいて大樹の下で静黙した。それをみた兵たちは、光武帝から、たれに属きたいか、と問われると、こぞって、

「大樹将軍に属きたい」

と、答えたという。

曹真も自身の功を誇ったことがない。自身が賞されると、その賞を属将に分け与えた。上からの賞がとどかない殊勲者には、私財を割いて授け、ねぎらった。このおもいやりが浸透したため、曹真の軍は強靭といってよいほど結束がかたかった。それゆえ、戦場の有利不利、兵略の有無にかかわらず、曹真軍が動けば、かならず勝った。

曹洪家の門をでた曹真は、また拝礼した。

人から贈られる物で、ことばほど貴いものはない、ときいたことがあるが、

――まさに、そうだ。

と、曹真は感激し、曹洪に感謝した。

この年の晩秋に、曹丕は呉を攻めるべく、兵を発した。曹真は夏侯尚、張郃、徐晃らとともに、南郡を攻撃した。この県の南に江陵がながれているが、渇水のため、川幅がせばまり、中洲があらわれていた。その江水がながれているが、江陵は堅城であるが南側に弱点があると想い、軍をわかち、夏侯尚の軍を中洲に渡らせた。それによって包囲陣を完成させたのである。

十一月に南陽郡の宛まで南下した曹丕は、なるべく早く戦況を知ろうとした。やがて夏侯尚の軍が中洲に屯営を設け、さらに浮橋を作って南北に往来できるようにしたことを知ると、

「これで江陵の陥落はまちがいない」

と、上機嫌になった。近臣もその明るい気分に調和して、あとひと月ほどで江陵が落ちる、と囃いだ。

独り沈思の静けさを保っていたのは、侍中の董昭である。

行在所に盈ちた陽気さのなかで、

かれは袁紹の下で、参軍事として頭角をあらわした。が、のちに弟が袁紹の敵側に属いたことで、袁紹に嫌われ、殺されかけたため、西方へのがれて献帝に従った。

その後、その知力が曹操に認められて、謀臣のひとりとなった。かれが曹操に献じ

た策は的確であったが、ここでも、

　——夏侯尚はみずから死地に踏み込んだ。

と、愁然とした。その策戦のもっとも危ういところは、通路が一本しかないこと
である。もしも呉の援軍が到着して浮橋を切断すれば、中洲の軍は孤立して全滅し
てしまう。また、江水がいつ増水するかわからず、夏侯尚と麾下の将兵すべてが水
没しかねない。

　そう考えた董昭は、曹丕に謁見して、おのれの憂慮を述べ、

　「江陵攻めの実態は、危険にむかっているとご認識ください」

と、進言した。曹丕は軍事に関して鈍感な人ではない。この進言を重視した。す
ぐさま江陵の包囲陣に詔勅をくだして、夏侯尚らを中洲から撤退させた。その軍が
北岸へ移動してから十日後に、江水が突然増水した。

　引き揚げた曹真は、

　——われは夏侯尚を殺すところであった。

と、冷や汗をかいた。良策であるとおもっていたものが愚策であったことで、策
におぼれるとはこのことだ、と自嘲した。

　曹丕は呉の制圧を望み、南征をくりかえしたが成功せず、四十歳で崩御した。危
篤の際に召し寄せられたのが、曹真、陳羣、曹休、司馬懿という四人で、かれらが

政治を輔佐すると確定したうえで、曹丕の子の曹叡が即位した。

曹丕にもっとも篤く信頼されたのが曹真であることはあきらかなので、曹叡は父の遺志を継ぐかたちで曹真を厚遇し、即位した年のうちに曹真を大将軍に任命した。大将軍はかつての何進がそうであったように、三公の上の位にあって軍事の全権を掌握しているといってよい。

また曹叡は父がおこなった人事の偏側を匡そうとした。

たとえば曹洪の場合、かれは後将軍の位をさずけられたあと、特進の位を付与され、さらに驃騎将軍に昇った。

朝廷で曹真の顔をみた曹洪は、

「礼はいわぬぞ」

と、いった。曹真は目で笑った。

「将軍は勘ちがいなさっている。叙任のすべてをお決めになっているのは主上であり、わたしではありません」

なるほどそうであるかもしれないが、そうではないかもしれない。新しい皇帝である曹叡はまだ二十代の前半という年齢であり、群臣の長所と短所をどれほど知っているか、とおもえば、諸事に目くばりをおこたらない輔弼の意見を聴かずに、昇叙をふくんだ群臣の人事異動を単独でおこなえるはずがない。

あえていえば、文帝（曹丕）が歪めた王朝を、曹真がひそかに矯正した。それによってこの王朝は三十年ほど寿命を延ばすことになろう。群臣と官民が納得するような王朝人事を曹真ができたのは、

——この男には、私利私欲がないからだ。

と、曹洪はみた。文帝の最大の遺産は、曹真を群臣の最上位にすえたことだ。

曹真の謙遜ぶりをこころよく感じた曹洪は、

「ま、そういうことにしておこう」

と、いって笑った。かれは曹叡が即位した年からかぞえて六年後に逝去する。曹操が挙兵した際にまっさきに駆けつけた人物であり、戦場で馬を失った曹操に自分の馬をさしだしたこともある。まさに曹操にとって股肱の臣であった。

太和元年（二二七年）の冬に、荊州の新城郡の太守である孟達に不穏な動きがあ

まもなく曹真に最大の試練がおとずれる。

曹叡は即位の年に改元をおこなわず、年があらたまると同時に、太和と改元した。

このころ、魏の軍事的主眼は呉の攻略にむけられていて、蜀の動向には目くばりをおこたっていた。

るという報告が朝廷にはいったため、十二月に、司馬懿が討伐にむかった。

これよりはるかまえに、蜀の丞相である諸葛亮は、魏を伐つ、という計画を立て、晩春に軍を率いて漢中まで北上し、そこに軍をとどめていつでも出撃できる態勢をととのえた上で、孟達を蜀に帰属させるべく勧誘をすすめた。

逡巡に逡巡をかさねた孟達が、年を越して、司馬懿に討たれたころ、諸葛亮が益州をでて、魏の西方の州である雍州に侵攻した。

劉備が崩じて以来、静黙を保ってきた蜀が、まさかそのような大胆な遠征をおこなうとはつゆほども想っていなかった魏の朝廷は、大いにあわてた。

――われが征く。

群臣の動揺をしずめるために、すばやく決断した曹真は、詔命を得て、軍を発しようとした。そこに続報がはいった。

「蜀軍は斜谷をくだって郿を攻めようとしています」

郿は長安の西に位置し、扶風郡の中央にある。

「よし、郿を守りぬいてみせよう」

西行した曹真は郿に重厚な陣を布いた。だが、郿を攻める、というのは諸葛亮がばらまいたうわさで、蜀の主力軍は郿よりはるか西の天水郡を侵して祁山を攻撃した。

しかしながら、郿を狙うのに都合のよい漢中の箕谷のあたりに蜀軍がいるらした。

いので、曹真は軍を大きく動かせなかった。

蜀軍の進出によって、天水郡だけではなく、南安郡と安定郡も魏に叛き、西方諸郡の騒擾が拡大した。

——諸葛亮の兵略にふりまわされている。

曹真が苦慮しはじめたとき、曹叡はみずから長安まで行幸して、猛将である張郃を蜀の主力軍にむかわせた。

——勘のよい皇帝だ。

曹叡はまだ二十四歳であるのに、軍事の急所を知っていた。曹真はその指図に感心した。同時に、おのれの勘の鈍さをくやしがった。

だが、まさに戦場は生き物である。

魏の虚を衝いていきなり有利な戦況を現出した諸葛亮は、策を弄しすぎたといえるであろう。前軍をはるばると先行させて、天水郡に接する広魏郡の街亭に布陣させた。むろん蜀軍の狙いはわかる。雍州内を東西に交通する道には、北路と南路があり、その北路を街亭において遮断し、南路を渭水に臨む県を陥落させて閉塞する。それによって広魏郡と天水郡より西の諸郡には魏の支配力がおよばなくなり、蜀に付属せざるをえなくなる。

この宏図を画いたのは、街亭の軍をまかされた馬謖であろう。

だが現実には、その図は画餅にすぎなかった。
張部軍を迎え撃った馬謖軍は、あっけなく撃破され、戦場から敗走する兵を、諸
葛亮軍は救えなかった。蜀軍の大敗である。

それを知った曹真は、やはり策というものは諸刃の剣だ、と痛感した。蜀軍が引
き揚げたあとも、安定郡では叛乱の余燼がくすぶっていたので、曹真が平定をおこ
なった。その郡の東北部に月支城があり、そこに楊條が官民を攬めて叛旗をひるが
えしていた。曹真が軍をすすめてその城を包囲すると、城壁に登ってそれを瞰た楊
條は、

「大将軍がみずからいらっしゃったとなれば、われは早々に降るのみである」

と、みなにいい、自分を縛って城外にでた。

これは曹真が武徳以上の徳をもっていたあかしであり、南安、天水、安定という
三郡の鎮定は、曹真の名によって容易であった。じつはこれこそが、いかなる非凡
な兵略をもうわまわる徳化というものであったが、曹真には驕った自己顕示はいっ
さいなかった。

帰還した曹真はおのれの功を誇ることなく、むしろ恐縮して曹叡に感謝の辞を呈
したあと、

「諸葛亮は策の多い将帥です。こちらの虚を衝く兵術にこだわるにちがいなく、き

たるべき出撃は、故道を通ってすばやく渭水のほとりに到り、陳倉を攻撃するというものでしょう。帝はひそかに諸将を陳倉へおつかわしになるべきです」

と、進言した。この皇帝には戦術眼があると意っての献策である。はたして曹叡は、

「なるほど」

と、いい、さっそく郝昭と王生という二将を遣って、ひそかに陳倉の防備を重厚にさせた。

諸葛亮と蜀軍の出陣は予想よりも早かった。この年の十二月に扶風郡を侵し、陳倉を急襲した。が、心の準備もできていた曹真は、蜀軍に陳倉を抜かせず、すきのない防戦によって蜀軍を阻止した。このねばりづよい防戦にこそ曹真の本領が発揮されたといってよい。

春になると、兵糧の尽きた蜀軍は撤退した。根負けしたかたちである。曹真は蜀の主力軍を撃退し、諸葛亮の策をうわまわる用兵を国内に知らしめたといってよい。

戦勝を曹叡に報じたあとも、用心のために雍州にとどまった曹真は、賞されて食邑を増され、合計二千九百戸となった。ちなみに貴臣として特別あつかいされた曹洪の食邑は二千百戸であるので、それをうわまわっている。曹真は曹洪とちがって

客嗇ではないので、家産が増えれば増えただけ、より多くの武勲兵に私財を割いてねぎらった。

翌年に洛陽に帰還して参内した曹真は、大司馬に任ぜられた。それだけではなく、剣を佩いたままの昇殿がゆるされ、入朝時に小走りをしなくてもよい、という殊遇がさずけられた。それでわかるように、朝廷内をゆっくり歩く者などいないのである。

二度、諸葛亮の蜀軍を防いだ曹真は、

――つぎに蜀軍はどこを狙い撃つのか。

と、想念をめぐらせていたが、いつも魏が防ぎ守る立場にある必要はないと考えた。

――こちらから攻めればよい。

益州にはいる道はひとつやふたつではない。それらの道に魏軍を配置し、いっせいに侵入させれば、蜀軍は防衛のために右往左往して潰乱するであろう。この腹案を曹真は実行にうつすべく、曹叡に献言した。

曹真の説述を聴いた曹叡は、軍事に聡い質なので、

――あの武帝（曹操）でも攻めあぐねた蜀を、いまなら攻め取れるのか。

という疑念をいだいたが、曹真のひたむきさに打たれて、やってみよ、と聴許し

た。

「魏は総力を挙げて蜀を攻める」

この決定をきいた曹洪は、とたんにむずかしい顔をして、歩を速めて曹真に会い、

「大司馬どのよ、あなたは劉備の覆轍をたどるつもりか」

と、ほとんど怒声に比い声で諫止した。曹真は平然と、

「そのつもりはありませんが……」

と、答えた。曹洪は舌打ちをした。

「真の勝利は、敵の内側を崩してから、とまえに申した。それをお忘れか」

「忘れてはおりません。が、蜀の国主はまだ若く、国民の信望を得ていません。ゆえに丞相の諸葛亮にすべてをゆだねています。わたしは諸葛亮と戦いましたが、その指麾ぶりは成熟しておらず、蜀の将士にはこれといった者はおりません。劉備の両翼であった関羽と張飛はすでに亡く、勇将であった趙雲は昨年歿しました。蜀の軍事は衰弱しているのです。この機をのがせば、蜀は軍事をふくめて国力を回復してしまうかもしれません。そうなれば向後十年は、魏は蜀に苦しめられることになります。蜀を攻めるのは、いましかないのです」

力説である。

——一理はある。

曹洪はそう認めたものの、どこかにむりがある、とも感じた。

この年の七月に魏軍は起動した。

曹真の軍は長安にもっとも近い子午道からはいって漢中郡の南鄭をめざす予定であり、東から漢水ぞいに益州にはいる司馬懿の軍と南鄭で合流することにした。ほかにも、斜谷道をすすむ軍とはるか西の武威郡を発して益州の西北部に侵入する軍もあり、それらが八月には益州の辺境に迫った。

四つの道から魏軍がいっせいに益州にはいるわけであり、この戦略に過誤はなかったといってよい。

しかしながら益州を侵した魏軍にはおもわぬ敵がいた。

雨、である。

——早く、やんでくれ。

そう禱りながら曹真は、雨霧で閉ざされた山道をみつめつづけた。が、この禱りは天意を撼かさなかった。十日、二十日とつづいた降雨は、山間の道を土でふさぎ、崖に架けた桟道を落とした。この長雨を三十日間ながめつづけた曹真は、濡れた地面に膝をついて、冷えた草をつかんだ。そのとき曹遵の声がきこえた。

「諸葛亮は、あの徐州の民だよ」

「そうか……」

曹真は、はっと草から手をはなした。いまは天が諸葛亮を護っている。かつて草を切った者に天の加護は得られない。悪いことはかさなり、曹真はいくたびも雨に打たれたせいで、体調をくずした。

「撤退すべし」

この詔命に従って長安まで引き揚げた曹真は、曹叡にひとつの訴願をおこなった。

旧友である曹遵と朱讃に子がいるので、かれらに自分の食邑を分け与えたいということである。これをめずらしい美徳であると称めた曹叡は、その訴願をうけいれて許可しただけではなく、それぞれに百戸を追加してふたりを関内侯とした。

――かたじけないかぎりです。

涙をうかべて曹叡に感謝した曹真であるが、年末にはさらに体調が悪化した。かれの指麾下の兵は愁色をかくさず、大司馬の回復のきざしがないので、その病身は洛陽へ移された。二月には、曹真は自邸の病牀にいたであろう。心配した曹叡はみずから曹真邸へゆき、見舞った。

三月、曹真は死去した。

この死は、魏王朝にとって巨大な損失といってよい。曹真を失った曹叡は軍事において司馬懿にたよらざるをえなくなり、王朝の主権が司馬氏へ移行するきっかけ

になったからである。とにかく、上からも下からも愛された曹真のような人は稀有といってよい。

蒋<ruby>済<rt>せい</rt></ruby><ruby>蒋<rt>しょう</rt></ruby>

曹操は人材集めに熱心な人で、誠実でしかも機知のある能吏を好んだ。

そういう能吏のひとりが蔣済であった。

かれは揚州九江郡の平阿県の生まれである。

淮水と江水のあいだにある九江郡は、袁術に支配された郡である。が、天子になることを夢想した袁術が病死したあとに、曹操の支配地となった。ただし郡の南部の一部は呉の孫権に侵食された。郡の北部に位置する平阿県は、豫州と接するところにあるので、当然のことながら、魏の版図にはいった。

蔣済は郡に出仕してから、その能力が買われて、郡の計吏となり、さらにひきたてられて、州の副刺史というべき別駕となった。

建安十三年（二〇八年）に、曹操は八十万と称する水軍を率いて、呉の攻略にむかった。これ以前に、袁氏の勢力圏であった北方を征伐した曹操は、軍を南下させて、劉表が亡くなったあとの荊州を取り、勢いを増したかたちで江水をくだったの

である。

——これで曹操軍が勝てば、ほぼ天下平定は終わる。

蔣済はそうみた。曹操軍の兵力が八十万というのは、呉の孫権を恫喝するための数字であろうが、大軍であることはまちがいない。それにたいして呉が動員できる兵数は最多でも十万に達しない。せいぜい六、七万であろう。

——どう考えても、曹操軍が負けるはずがない。

蔣済は楽天家ではないが、そう考えていた。

ところが曹操軍は烏林（赤壁）において大敗した。孫権に呉の命運を託された周瑜と程普は、巧妙な火攻によって大船団を焼き払って、曹操の進撃を止めた。その大戦の勝敗が、三国時代の原形をつくったといっても過言ではない。

曹操は帰還したが、周瑜の追撃を阻止するために荊州中部の江陵に曹仁をとどめた。それによって呉軍の北上をさまたげられるであろうと観測した蔣済が、ふと、

——もしや、孫権が九江郡を狙うのでは……。

と、おもったとき、報せがはいった。

合肥が孫権軍に包囲されたという。合肥から寿春を突き抜けるというのも、呉が北上する道のひとつである。

——やはり、孫権がきたのか。

に合肥から使者が曹操のもとにむかっているであろうが、念のために蔣済も急使を
駛（は）らせた。

予想したこととはいえ、それが現実になると、蔣済は困惑せざるをえない。すで

った蔣済は、すぐにため息をついて筆を置いた。

とわかった。この救援の状況を上司である刺史に報せなければならないが、筆を執

やがて、将軍の張喜（ちょうき）が騎兵の千騎を率いて出発し、途中で兵を拾って救援にくる

——やってくる千騎が数千騎になったところで、孫権軍の包囲を破れまい。

ている将をも落胆させる。では、数万騎が救いにきた、と妄（うそ）を書けばよいのか。そ

たれが考えてもそうであるならば、この書翰（しょかん）は、刺史だけではなく合肥城を守っ

れも実態がわかれば、刺史も守将も失望させる。

——困った。

蔣済は頭をかかえて考え込んだ。しばらく悩んでいるうちに、待てよ、と首をあ

げた。

刺史への書翰はおそらくぶじに着くであろうが、城内の将への書翰はどうで

あろう。蔣済の使者がたやすく敵の包囲陣をすりぬけられるであろうか。敵兵に捕

獲されることを想定して、使者は一組だけでなく、すくなくとも二組はだす。

——そうだ。

どうせ蔣済の書翰が孫権に読まれて、曹操軍の実情を知られてしまうのであれば、

と、おもいついた。ふたたび筆を執った蔣済は、刺史への報告書を書いた。内容はこうである。

「四万の騎兵を率いてすでに雩婁に到着したという張喜の書翰を入手しましたので、主簿を遣って張喜を出迎えてください」

孫権をあざむくには、これくらいの用心は必要である。刺史にちがう動きをしてもらってはこまる。

つづいて城の守将への書翰を三通書いた。内容はすべておなじで、張喜が四万の兵を率いて救援にきた、というものである。刺史への使者を出発させたあと、三組の使者に書翰をもたせて、

「守将に会ったら、書翰を渡し、あとすこしの辛抱だ、と申せ」

と、いいふくめた。

蔣済は、実を虚に化し、さらにその虚を実に化す、という幻術をやってのけたのである。城の守将にとどくはずの三通の書翰のうち、一通は城内にはいったが、二通は呉軍の本営へとどけられた。二組の使者が呉兵に捕らえられたからである。

書翰に目を通した孫権は驚愕した。

──援兵が四万……

差出人は別駕の蔣済となっている。孫権は蔣済の性格を熟知しているわけではないが、つねづね策を弄するような人物ではないことくらいは知っている。

じつはそのことも蔣済の策であったかもしれない。

かつて蔣済は、みずから南征をおこなった曹操に召しだされた五人のなかのひとりであった。そこには蔣済のほかに劉曄と胡質などがいたが、その会で、四人は曹操の問いにまじめに答えるなどして、会話の時間をすごした。が、劉曄だけが終始無言で、曹操の問いにまともに答えなかった。あとで曹操は劉曄の見識がほかの四人より数段高いところにあると認めて、かれを抜擢して重用した。

蔣済からみれば、あのときの沈黙は劉曄が自身を売り込むための策である。たしかに劉曄は機転がきく。しかしそれを表にだしすぎれば、やがてたれからも信用されなくなるであろう。ほんとうの策とは、そういうものではない、と蔣済はおもっている。ひごろ策とは無縁な顔をしていながら、ここぞというときに立てる策こそ成功する。

このときが、それであった。

孫権は曹操軍の実情を調べさせもせず、

「引き揚げる」

と、いい、陣営を焼き払い、逃げるように戦場を去った。孫権はぞんがい気宇の

小さい人であったかもしれない。

蔣済は書翰だけで、合肥を救い、呉の大軍をしりぞけたのである。

翌年、蔣済は刺史の使者として譙へ行った。譙という県は、淮水の支流のほとりにあり、その川をくだってゆけば、まっすぐに九江郡にはいることができる。呉の周瑜との水戦で負けた曹操は、再戦を想定し、その地でみずから水軍の訓練をおこなっていた。

蔣済を引見して、ねぎらった曹操は、

「いま、淮南（淮水の南）の民を移住させたいが、どうであろう」

と、問うた。それはほぼ曹操の心中で決定されたことで、臣下に賛意を求めているにちがいない、と蔣済は推察したものの、迎合しなかった。

大組織のなかで個人の正義を樹ててゆくことはむずかしい。組織の大小にかかわらず、従である者は主である者を悦ばせたいものである。主の胸中にある意望をさきまわりして察し、その意望を先導するようにふるまえば、主を悦ばせて、昇進が早まる。劉曄がそれであった。が、そういう臣が増大した場合の組織は、どうなるであろうか。おそらく、主だけのための組織となり、民は離叛するであろう。曹操という稀代の英雄が、それくらいのことがわからぬはずはない、というおもいで、蔣済は、

「あなたさまのご威勢は天下を震わせ、民に二心はありません。しかしながら、民は郷里をなつかしむものです。他の地へ徙ることを喜ばないでしょう。かならず不安をおぼえると懸念されます」

と、述べた。はっきりとではないが、曹操に再考を求めたのである。

「そうか……」

と、曹操はいったものの、けっきょくこの意見を採らなかった。ほどなく曹操は淮南の人々に、北へ徙るように、と命令をくだした。

が、皮肉なことに、淮南に住む十万余の人々は、あわてて南へ逃げて、呉の民となってしまった。

のちに蔣済が使者となって鄴へ往ったとき、曹操に出迎えられた。曹操は蔣済の顔をみるや、大笑いした。

「そもそも呉の加害を避けさせるためにおこなったことなのに、かえって、すっかりむこうに走らせてしまった」

これは謝辞のひとつであろう。なんじの意見を採用しなかったわれが愚かであった、といったにひとしい。これをきいた蔣済は、

──ここが、この人のすぐれたところだ。

と、おもい、安堵した。

蔣済は丹楊郡の太守に任命された。

丹楊郡は九江郡に境を接する郡で、江水の南にあるが、その郡全体は曹操の支配地ではなく、呉の版図にはいっている。ということは、呉を制圧したら蔣済に丹楊郡を治めさせるということなのであろう。が、この任命はいかにも実体をともなっていない。

曹操は南征して帰還するときに、蔣済を揚州刺史の別駕とした。これは実体をともなっている。ただし呉が曹操軍に屈しないとなれば、揚州は呉と魏に分断されたといってよく、魏の揚州は旧揚州北部の二郡（九江郡と廬江郡）を併せた広さしかない。それでもこの州は軍事的に重要である。それゆえ曹操は蔣済を任命する際の辞令のなかで、

「いま、君が州に還れば、われに憂いはない」

と、いい、蔣済への信頼を率直に表した。

このあと、蔣済はちょっとした災難に遭った。揚州の住民が騒ぎ、

「別駕が謀叛の首謀者だ」

と、いい、事実政府に訴える者さえいた。曹操はそれをきいても表情を変えず、

「蔣済にどうしてそのようなことがあろうか。もしもそうであれば、われは人を知らなかったことになる。それはきっと愚民が騒乱を楽しんで、かれをまきぞえにしただけだ」

と、左将軍の于禁や沛国の相である封仁などにいい、蔣済が捕らえられているなら早く釈放するようにと人をつかわした。蔣済への信頼ぶりがわかる話である。

このあと曹操は蔣済を中央に召して、丞相主簿西曹の属官に任命した。丞相府には西曹と東曹が置かれていて、それぞれ官吏の選抜をおこなう。蔣済を任命する際の辞令は、こうであった。

「舜が皋陶を挙げると、不仁の者は遠ざかったという。　臧否（善悪）を判定し、かたよらない採用を、われは賢明な曹属に望んでいる」

曹操が蔣済を信用しつづけていることがわかる辞令である。ちなみに曹操はしばしば故事をひきあいにだすが、舜は古代の聖王であり、舜に重用された皋陶は正しい法理をつらぬいたことで、伝説の人となり、法務大臣の鑑にされている。

蔣済の勤務に疎漏はなかった。

最晩年の曹操をおびやかす報せが南方からもたらされた。朝廷もざわついた。荊州の関羽が軍を率いて北上し、曹仁の守る樊城を攻めた。樊城は南郡襄陽県

のすぐ北に位置し、漢水のほとりにある。

劉備と諸葛亮が荊州をあとにして蜀へ移ってから、荊州の経営をまかされていた関羽は、この年に劉備が漢中王となり、自身が前将軍に任命されたうえに、自分のおもい通りにしてよいという節と鉞をさずけられたことで、劉備が建てた国の独自性を天下に示すべく、北伐をおこなったのである。劉備は節鉞を関羽にさずけたかぎり、

「魏を攻略するのは、やめよ」

とは、いえなかったであろう。

関羽の勇猛さを知っている曹操は、急報をきくとすぐに于禁を救援にさしむけた。于禁は古参の武人で、そつのない戦いをしてきた将である。が、このときだけはぬかりがあった。城が漢水の近くにあることと、大雨が降ることを想えば、船を用意すべきであったのに、それをおこたった。智者の一失といってよい。戦場に着くと、大雨のために漢水が氾濫して、于禁の指麾下にある七軍が水没し、于禁自身は関羽に降伏するという最悪の事態となった。

──これでは樊城が陥落するのは時間の問題だ。

と、みた曹操は、北上をつづけてきそうな関羽の鋭気を避けるために、遷都をほのめかしたのである。

　――その弱腰は、魏王らしくない。

　蔣済は遷都に反対するつもりでいた。ここで、蔣済とおなじ意見をもつ者がいた。

　司馬懿、である。

　かれの出身地は河内郡温県であり、洛陽から遠くないので、近畿の人といってよい。厳格な父のもとで育ち、儒教に精通した。曹操の政権を素直に認めたくなかったらしく、出仕をことわっていたが、曹操に強引に辟かれて、しぶしぶ官途に就いた。

　曹操の漢中遠征に従軍したとき、

「まだ蜀の人々が劉備になついていないので、進撃すべきです」

　と、進言した。だが曹操は、

「すでに隴右を得たのだ。そのうえ蜀を取りたいとはおもわぬ」

　と、いい、その策は棄てられた。隴右は隴山より右の広域をいうが、じつはこの場合の右は西と同義語になっている。つまり左は東、右は西である。たとえば函谷関より西を関西、かわりに関右ともいう。なお隴右をおおざっぱにいえば、西方の涼州ということになる。涼州を得たのだから、益州まで取ろうとはおもわぬ、と曹操がいったと想えばよい。

　司馬懿は自身に実戦経験がないので、百戦錬磨の曹操に軽視されたのだろうとおもっている。いまも曹操からどのようにみられているかがわかっている司馬懿は、

地方の行政と軍事を経てきた蔣済を誘って、遷都すべきではないことを献言した。

「于禁らは水没したのであり、戦闘をおこなって失敗したわけではありません。国家の大計において大損害があったとはいえません。蜀の劉備と呉の孫権は、うわべは親しくしておりますが、内実は疎薄です。関羽が志望通りに成功することを、孫権はけっして願ってはいません。呉に人を遣って関羽のうしろを襲うように勧め、江南の地を割いて、孫権を封ずることをお許しになれば、樊城の包囲はおのずと解けましょう」

蔣済はほぼおなじ意見をもっていたが、かれが強調したかったのは、住民の移住はそうとうに慎重におこなわなければならないということである。すでに曹操は淮南の民を北へ移そうとして失敗している。こんどは、首都の民を移すのである。遷都がどれほどの大事業であるかは、かつて董卓がおこなって散々な結果になった例からでもわかる。移住する民は曹操を怨み、天下の民は動揺する。これこそ曹操にとって、善いことはなにもなく、とりかえしのつかない大損害になるにちがいない。

――絶対に遷都をしてはならない。

この蔣済の強い意いも曹操の胸にとどいたのであろう、再考した曹操は、

「なるほど」

と、いい、遷都をとりやめて徐晃を救援にむかわせ、自身も万一にそなえて関羽

討伐のかまえを示した。

　徐晃の救援は成功し、司馬懿の策も功を奏した。樊城の包囲を解いた関羽は、呉軍に退路をふさがれ、荊州をでて益州にのがれようとする途中で捕斬された。

　曹操が感じていた脅威は消滅した。昔、曹操は関羽の武勇を高く買っていたので、その死を知って単純に安堵したわけではあるまい。そのあたりの感情は、蒋済にはわからない。

　翌年、曹操は魏王として薨じた。子の曹丕が位を継ぎ、十月に皇帝となった。光武帝からはじまり、献帝で終わった後漢王朝は、百九十五年の王朝であった。

　──禅譲がおこなわれた。

　蒋済はすくなからず感動した。

　天子がその位を兄弟や子孫に継がせずに、徳を有する者にゆずる、というのが禅譲である。古代ではそういう美事があったが、帝舜のあとの禹王からは、血胤が重視されて、禅譲などは実現不可能といってよく、夢物語に比かった。禅譲がおこなわれなければ、武力での争奪となる。有能な臣下が無能な天子を討つという血なまぐささを経なければ、王朝が替わらなかった。

　漢王朝を創立した劉邦は、劉という氏をもつ者でなければ天子になってはならないと定めて逝ったので、その遺言が官吏だけではなく庶民までも縛ってきた。

　ここではじめてその呪縛がとけたのである。

　こういう稀有なできごとがあったこのときに、自分が生きていることに、感動したともいえる。ことばは悪いが、後漢王朝はすでに空洞化して、政治的な求心力を喪っていた。人民にとって装飾物にすぎない物になりはてていたのなら、取り去るべきであろう。蔣済はそういう割り切りかたをする男である。

　曹丕が帝位に即いたあと、蔣済は累進した。

　散騎常侍になったとき、南へ派遣されて、南陽郡の新野に駐屯する征南将軍の夏侯尚のもとに行った。夏侯尚は曹丕と親しく、恩幸をさずけられているひとりである。南方での働きを期待されているせいであろう、夏侯尚のもとに詔がくだされた。

　夏侯尚はそれを蔣済にみせた。

　文面はこうである。

「卿は腹心の重将であり、特別な任務にこたえてもらわなければならないので、必死の働きにみあう恩恵をほどこし、苦労をなぐさめる恵愛を与えている。威を作し、福を作し、人を殺し、人を活かせ」

　しばらくその文をみつめていた蔣済は、なんの感想もいわず、新野をあとにすると、報告のために曹丕のもとにもどった。

　さっそく曹丕は、

「卿が見聞した天下の風俗と教化は、どうであったか」

と、問うた。こういうときに皇帝の機嫌を取ろうとしないのが蔣済の真価であろう。いささかも忌憚せずに、

「ほかの地へ行ったからといって善いことがあるわけではありません。ただ亡国の語を見聞しただけです」

と、述べた。とたんに忿然とした曹丕は顔色を変えて、

「卿は、なにを見聞したというのか」

と、けわしく問うた。

「では、申します。詔のなかにあった、威を作し、福を作し、というのは『尚書』にある明らかな誡めです。威と福を人民にほどこすのは臣下でなく、天子なのです。天子に戯言なし、といわれており、古人はことばづかいも慎重でした。どうか陛下にはそのことをお察しくださいますように」

たとえたわむれであっても、天子の特権を臣下にさずけてはならない、と蔣済は曹丕をさとしたのである。

曹丕は臣下への好悪をはっきりと示し、諫言を嫌う皇帝ではあるが、このときは蔣済の説論にある重要さを察して、けわしさを消した。

蔣済が退出すると、すぐに曹丕は使者を発たせて、夏侯尚の手もとにある詔をと

りもどさせた。

魏の黄初三年（二二二年）の九月に、曹丕は呉の征討を諸将に命じた。

この年というのは、六月に、呉を攻めていた劉備の蜀軍の敗北が決定的となり、

さらに呉の孫権は魏に従うとみせて、蜀との和睦をひそかにおこなおうとしていた。

――孫権は信用がならない。

怒った曹丕は呉の南郡に曹真、夏侯尚、徐晃らをむかわせ、頴川郡の臨頴に駐屯していた曹仁を、濡須にむかわせた。このとき曹仁は大司馬であり、諸将の最上位にいた。その武勇と戦績には赫々たるものがある。ただし年齢は五十五歳で、老いのきざしがあった。

濡須は魏の淮南郡にある巣湖を水源として江水へながれこむ川の名である。が、濡須を攻めるというのは、その川のほとりにある濡須塢（濡須城）を攻めるということであろう。その城は呉にとってきわめて重要な軍事拠点で、その城を失うと呉は水軍の自在性を失う。

蔣済は曹仁に属して、別軍を率いて、濡須塢から遠くない羨谿を攻撃した。じつはそれは曹仁の陽動策戦で、敵将の注意を羨谿にむけさせておいて、自身の

軍は濡須の中州にある呉軍の陣営を攻めるつもりであった。

このとき、濡須の防衛を孫権からまかされていたのは、朱桓である。

「魏軍が羨谿にむかいました」

という報告をうけた朱桓は、兵を分けて、救援の兵を羨谿にむかわせた。その後、急報がはいった。

「曹仁の軍が七十里の近くまできています」

しまった、とおもった朱桓は、すでに出発した兵を呼びもどそうとした。が、その兵がもどるまえに曹仁の軍が迫ってきた。朱桓のもとには五千の兵しかいない。

この時点で、数万の兵をもっている曹仁の策戦はなかば成功した。

が、朱桓は猛将である。うろたえなかった。

「むこうは千里のかなたからやってきた軍だ。たとえ曹丕が率いてきても、その軍は疲れており、われらが負けるはずがない」

両軍が交戦する直前に、蔣済は呉軍の布陣が理にかなっているとみて、曹仁に再考をうながすために使者を送った。

「敵は西岸を固め、上流に船をならべています。中州を攻めるのは、地獄に踏み込むようなものです。危亡の戦術です」

しかし曹仁はこの策戦に自信があり、子の曹泰（そうたい）に濡須塢を攻めさせ、将軍の常（じょう）

雕に別働隊をさずけ、諸葛虔と王双らに中州を攻撃させた。曹仁自身はといえば、一万の兵を率いて後方から支援するかたちをとった。ここには往年のはつらつとした勇姿はない。

水戦に慣れている朱桓は、上流に待機させた船を急行させて、中州を渡ろうとする魏軍の船を拿捕させた。さらに、属将に常雕の別働隊を急襲させた。朱桓は寡兵を率いて、濡須塢を攻めようとする曹泰の軍と対峙して、焼き打ちをかけると、すみやかに兵をしりぞかせた。

曹仁軍の惨敗となった。

常雕は首を獲られ、王双は生け捕られて、孫権のいる武昌へ送られた。戦死した者と溺死した者は千余人にのぼった。

――曹仁は合肥へ引き揚げた。

――天子は落胆なさったであろう。

蒋済には曹丕の失望ぶりがわかる。ほかにも、曹仁が敗軍の将となっても、けっしてとがめることをしないであろう、とわかった。なにしろ曹仁は魏の元勲なのである。もしも曹丕が曹仁を処罰するようなことがあれば、魏軍全体の士気がさがり、国民に不安がひろがってしまう。それがわかる曹丕は、敗報をきいていても、帰還した曹仁を、

「たいそうな働きであった」

と、称め、ねぎらうしかない。

――そういう妄が、政治というものなのか。

小さな妄でも積み重なると王朝の体質を変えるほど凶悪になるのではないか。蔣済はそんな嫌な予感をおぼえた。

翌年の三月、曹仁が五十六歳で死去した。気落ちしたせいであろう。曹仁が率いていた南征軍を蔣済が督率できるようになった。しかしやがて蔣済は中央に呼ばれて尚書に任命されたので、大軍を指麾して呉軍と戦う機会をもたずに、文官になった。

――天子は呉を攻めることを、あきらめたわけではない。

蔣済はそうみていた。呉の孫権は狡猾で、真の勇気をもっていないのに、かれの属将はよく働く。呉の風土がそういう勇将を育てるのであろうか。曹操が生きているころから、魏軍は圧倒的な兵力で呉を攻めるのに、決定的な勝利を得たことがない。どこか、魏軍の攻めかたにまずさがあるのだ。

蔣済は文官になっても、軍事のことを忘れていない。

曹仁が亡くなってから、およそ一年半後に、曹丕はみずから龍舟に乗り、潁水を下って淮水にはいり、寿春に行幸した。これは南征ではなく、国内を検視する巡

狩（しゅ）に比（ちか）い。

寿春から帰途につくのであろうと曹丕の旅行を予想していた蒋済は、

「えっ、広陵まで行幸なさる」

と、おどろき、眉（まゆ）をひそめた。広陵は寿春のはるか東である。徐（じょ）州の最南端にある郡で、そこへゆくには淮水（わいすい）をつかうしかない。往きはながれをくだってゆくのでさほど日数を要さないが、復（かえ）りを想うと、蒋済はぞっとした。曹丕は独（ひと）りで広陵へゆくわけではない。従う船の数は数千艘（そう）である。

──船が川をふさぎ、天子は、ご帰還がむずかしくなろう。

そうおもった蒋済はすぐに奏上して、再考を懇請（こんせい）した。が、却下された。

曹丕は広陵までゆき、青州と徐州の守備に就いている諸将の変更をおこなった。そこではよかったが、はたして帰還に難渋（なんじゅう）した。川の水勢が強いこともあり、渋滞状態になった。

曹丕は広陵郡の南部にある精湖（せいこ）および山陽池（さんようち）まで行って引き返したのであるが、そこから淮水へもどることが至難であった。顔色を変えた曹丕は、いまにも怒声を発しそうであったが、自身の感情の噴出をおさえ、蒋済を呼んだ。

「船のことは、卿（けい）にまかせた」

と、いい、従者を選んでさきに帰途に就いた。曹丕の側近は、帰り際に、

「従属の船の半分を棄ててもかまわないと陛下は仰せです」

と、蔣済にささやいた。

「さようですか……」

数千艘の船の半分を排除して帰路をつくることはたやすい。が、それでは損失が大きすぎる。船を焼いて沈めるのでは能がなさすぎる。

——妙案がある。やってみるか。

蔣済はすぐに兵を下船させて、水路を四、五本造らせた。そのあと船を移動させて淮水に近づけ、なるべくまとまるように船をつないだ。同時に、土の堤を造って湖の水をせきとめた。水が増え、水路が消え、船は集合した。

「よし、堤を切れ」

蔣済の号令によって、増えに増えていた水は船とともに淮水にながれこんだ。この大船団は一艘の船も欠けることなく西行を開始したのである。

譙県に先着していた曹丕は、蔣済がおもいがけない早さでもどってきたので、驚嘆した。さっそく曹丕はねぎらいのことばを蔣済にかけたあと、洛陽に還ってからもふたたび蔣済に、

「事に暁達していないのはよくないことだ。われは山陽池のなかにいるとき、船を半分焼いてしまおうと決心したが、卿はあとに残って船を運んできてくれた。しか

も誰に到着したのはわれとほとんど同じであった。卿が意見を述べるたびに、その
ことばははわが意にはいってくる。今後、呉を討つ計画については、よく考えて意見
を述べてくれ」

と、ねんごろにいった。

この年の行幸は、呉を征伐するための水路を確認するためであったといってよく、
翌年の八月に曹丕はみずから水軍を率いて譙県を発して、十月に広陵郡に到った。
そこから精湖と山陽池を経て南下をつづけると、江水にでることができる。江水を
渡れば、呉の丹楊郡に上陸することはたやすい。曹丕の南征はそういう進撃路を予
定していたはずなのに、なぜか引き返してしまった。

この年は、とくに寒さが厳しく、水路が凍結したため、船を江水にいれられなか
ったということであるが、それだけが、戦わずに帰った理由であろうか。八月に譙
県をでた船が十月に広陵郡に着いたというのは、時間がかかりすぎている。曹丕に
決戦をおこなわせないなにかがあったと想うしかない。しかし曹丕の生涯を俯瞰し
てみると、この年の南征こそが、呉を制圧する唯一の機会であったことがわかる。

翌年の五月に、曹丕は崩御した。

蒋済は中央に残ったまま、新しい時代を迎えた。

皇帝は曹丕の子の曹叡である。即位した年に、曹叡は二十二歳である。ところが、曹操の生母は甄氏といい、もとは袁紹の子の袁熙の妻であった。ところが、曹操が兵を北上させて冀州を平定した際に、父に随従した曹丕が甄氏をみそめて、おのれの妻とした。が、歳月が経ち、曹丕の寵愛が衰えると、それを怨んだとして甄氏は自殺させられた。曹丕の愛情がそそがれなくなった曹叡が、太子に立てられることはあるまい、というのが朝廷内のうわさであった。実際、曹丕は曹叡を好まず、自分の子のなかで曹礼を後嗣とする肚であった。

曹丕が危篤になったとき、召し寄せられたのは、曹真、曹休、陳羣、司馬懿の四人だけであり、かれらは曹丕の遺言をきいたにちがいないが、つぎの皇帝に選んだのは曹叡であった。

その四人に恩を感じている曹叡は、当然のことながら、四人を厚遇した。それだけではなく、ほかの旧臣へのいたわりも忘れず、いきなり新皇帝の色をださなかった。その点でも、賢い皇帝であった。

蒋済は関内侯の爵位をさずけられた。爵位の最上は列侯であり、関内侯はそのつぎである。

呉の攻略に成功したことがないというくやしさが魏の諸将にはあり、そのなかで

　も南征軍を総轄することになった曹休は、なんとか呉の深部まで兵をいれたいといううおもいが強く、敵将の寝返りを手づるに、大軍を南下させて、江水の北に位置する皖にむかった。

　それを知った蔣済はいそいで上奏をおこなった。

「深く敵地に侵入し、孫権の精兵と対決するとなれば、朱然らの呉将が上流にいるのですから、かれらが曹休さまの背後を衝くでしょう。わたしにはその進攻の有利さがわかりません」

　だが曹叡は曹休に引き返すことを命じなかった。寝返りのあることが攻める側にとって決定的な利点であることを、曹叡と曹休のふたりだけが認識していたからであろう。

　曹休軍が皖に到着したという報告のほかに、呉が安陸に兵をだしたという報告もはいってきた。安陸は城邑の名である。

　——安陸というと……。

　魏の江夏郡の南部に位置しており、皖のはるか西である。蔣済は首をひねった。曹休軍が呉に侵入したことを孫権が知らぬはずがないのに、方角ちがいに兵をだしたのはなぜなのか。熟考した蔣済の胸がさわぎはじめた。呉軍は曹休軍が侵入してくることをまえもって知っていて、かくれて待ち構えているのではないか。とすれ

ば、寝返りというのは曹休軍を深部に誘い込む罠で、それらのことを曹休だけではなく曹叡にもさとらせないために、安陸にみせかけの兵をだしたのだ。

蔣済は、急遽、上疏した。

「いま呉が西において出師の形を示していますが、それはきっと兵を結束させて東へむかわせる狙いなのです。どうか急いで詔を諸軍へお下しになり、曹休軍を救いにゆかせるように」

この進言が効いたのか、曹叡は賈逵の軍を急行させ、曹休軍の救助にむかわせたが、ほとんど手遅れであった。曹休軍は賈逵軍の到着によって全滅をまぬかれたにすぎない。

この大敗によって、魏の南征計画は頓挫した。敗戦の責任を感じた曹休は上書して謝罪し、その後、ほどなく逝去した。魏は南征の諸軍を総帥する大司馬をも失ったことになる。

――魏の戦略眼は、当分、呉へむけられることはあるまい。

そういう見通しをもった孫権は、翌年の四月に皇帝の位に即き、九月には建業へ　の遷都をおこなった。江夏郡にある武昌は旧都となった。

蔣済は曹休軍の危険を察知して上疏した功が認められたのか、中護軍に昇進した。中護軍は近衛兵を司り、武官の選挙をおこなう。つまり蔣済は文官から武官へ移っ

た。曹叡の時代のはじめのころには呉との戦いがあったが、すぐに主戦場は西方になった。蜀の丞相である諸葛亮が魏軍を率いてしばしば雍州を侵したからである。その軍に対抗したのが曹真の魏軍であり、曹真の歿後には司馬懿が将帥となった。蔣済は皇帝を衛るのが職務であるので、西方への遠征軍に加わることなく、諸葛亮の陣歿を知った。

──司馬懿はそつのない戦いかたをしたものだな。

と、蔣済は内心司馬懿の軍事における才能を称めた。軍事は司馬懿にまかせておけばよい、と曹叡が考えるようになったとしても、むりはない。蔣済はそう意った。

──外患はひとまず消えたが、内憂がある。

蔣済は朝廷のなかに目をむけた。

王朝も三代目になると、爛熟する。あちこちがゆるみはじめる、といいかえてもよい。そのひとつが、劉放と孫資の権力が増大したことである。ふたりは曹叡の側近中の側近といってよい。特定の臣下に権力が集中するときは、皇帝が政治に倦みはじめたときでもあり、そのもっとも悪い例は、後漢末に宦官が横暴をきわめたときである。劉放と孫資は、あのころの宦官ほど悪辣ではないが、とにかく蔣済はかれらを危険視して、上奏をおこなった。

劉放と孫資が曹叡に絶大に信頼されていることと、ふたりのうしろには司馬懿が

いると群臣のあいだでささやかれているこの時期に、皇帝を諫めようとしたことは、かなりの勇気を必要とした。

「聖明である朝廷には専権をもつ官吏がおらぬようになさるべきです」

これが諫言の骨子である。ふたりを名指すことをやめれば、そういういいかたしかできない。

すぐに詔がくだされた。

「そもそも鯁骨の臣は、人主の恃むところである。蒋済の才能は文武を兼ね、職務にあっては忠節をつくしている。国と軍に大事が生ずるたびに、奏議をおこなって忠誠を発奮させている。われはそれをはなはだりっぱであるとおもう」

直後に、蒋済は護軍将軍に昇進し、散騎常侍の官が加えられた。

が、劉放と孫資の処遇に変化があったわけではない。

蒋済はむなしさを感じた。

先代の曹丕は臣下への好悪が烈しく、どちらかといえば諫言を嫌っていたが、それでも王朝が保持しなければならない政治感覚は生きていた。しかし曹叡は曹丕ほど好悪をあらわさないのに、じつはかたくなであり、皇帝としての労を吝しむせいで、王朝は倦怠しはじめているといってよい。

皇帝の怠惰は、かならず官民への迷惑となる。そうならないためには、昔の管

仲のように、君主の欠点をおぎない、官民へは公平さをみせるすぐれた輔弼が出現しなければならない。この王朝に、管仲に比肩する人物がいるのか。

――司馬懿か……。

司馬懿に管仲のような公平さがあるのだろうか。もしもそれがあれば、たとえ暗愚な皇帝になっても、この王朝はいちおう健全な面をみせてつづいてゆくことになる。が、司馬懿に公平さがなければ、どうなるか。蔣済はそのさきを考えないことにした。

とうとう曹叡は、宮殿の造営に熱中しはじめた。その使役によって人民が疲弊している。

蔣済は眉をひそめた。

過去に最悪の例がある。最晩年の秦の始皇帝が、かつてないほど壮麗な宮殿を造ろうとし、その工事のなかばに崩じたが、それが王朝崩壊のきっかけをつくった。そういう悪例を知っているかぎり、蔣済は、たとえ皇帝でも諫めなければならないと肚をすえて、上奏をおこなった。諫言の趣旨は、むだをはぶくべし、ということである。宮殿の造営も、後宮にいる女たちの多さも、むだであると説いた。それにたいして、

「護軍がいなければ、われはそういうことばをきけなかった」

という詔がくだされた。よくぞ諫めてくれたと曹叡はいっているようであるが、その後、なんら改善の処置をほどこしたわけではなかった。

——またか……。

蔣済は憮然とした。

曹叡の政治は、龍頭蛇尾といってよい。

外征の成果は司馬懿ひとりがもたらし、内政はだれ気味になった。

めんどうなことは臣下まかせにしはじめた曹叡は、三十代のなかばという若さで病死した。

その直前に、遼東の公孫淵を討伐した司馬懿が帰路をいそいで、洛陽に到着し、病室に召された。枕頭において、

「あなたは曹爽とともに幼児を輔佐せよ」

と、曹叡にいわれた。そこまでの膳立てをしたのは劉放と孫資である。曹氏一門のなかでもっとも信望があったのは曹真であり、その子の曹爽は曹叡と親密でもあった。

曹叡の遺言は、はっきりしていたので、崩御後の王朝の運営は、司馬懿と曹爽が

——好ましい事態ではない。

すぐに蔣済はそう感じた。権力者がならんで幼帝を支えるのは、一見、のぞましいことではあるが、なかなか理想通りにはならない。そのことよりも蔣済が愁悒しいことではあるが、なかなか理想通りにはならない。そのことよりも蔣済が愁悒したのは、幼帝である曹芳の父がたれであるか、わからないことである。それではいつまで経っても曹芳はえたいの知れない皇帝となり、群臣が忠誠をささげることをためらうであろう。

蔣済は領軍将軍となり、ついに太尉に昇進した。

王朝人事は皇帝の意向が反映されるものであるが、曹芳が十歳未満の皇帝であるとなると、人事の決定権は司馬懿か曹爽がにぎっているとみるべきで、曹爽と親しくない蔣済をひきあげたのは司馬懿であろう。

ふつう群臣の最上位は、司徒、司空、太尉という三公である。が、皇帝が幼くて親政をおこなうことができないこのときには、三公の上に太傅の司馬懿と大将軍の曹爽がいる。

曹爽の家柄は、司馬懿のそれをはるかにしのいでいる。皇族に準じているといってよい。しかしながら、群臣と官民の信望を集めているのは、遼東を平定するなど軍事で成功した司馬懿である。司馬懿にまさるためには遠征をおこなって大成功す

る必要があると考えた曹爽は、亡父が果たせなかった蜀の平定を計画し、それを実行した。

――諸葛亮は、蜀にはいない。

蜀にはもはやすぐれた元帥がいないとみた曹爽は、正始五年（二四四年）の二月に、遠征の軍旅を催した。遠征について司馬懿は、

「軍資の浪費になりかねない。それについて司馬懿は、おやめになったほうがよい」

と、曹爽をたしなめた。が、曹爽は聴く耳をもたず、出発した。蔣済もその遠征をあやぶんだ。曹爽の勝算がどのように生まれたのか、まったくわからない。益州の地形は険峻であり、道も狭いので、大軍で攻めることがけっして有利にならない。たれにも忌憚せずに意見を述べてきた蔣済であるが、ここでは口をつぐんだ。それはそうであろう。太傅の諫めをしりぞけた曹爽が、太傅より下位の者の意見を傾聴するはずがない。

朝廷に残った司馬懿と蔣済はあえて遠征についての話題を避けた。蜀を攻める場合、ふつう長安を策源地とする。長安から益州にはいる道で、もっとも長安寄りにあるのが子午道である。だが、曹爽はその道より西にあって、駱谷を通る道を選んだ。

蜀は稀代の宰相というべき諸葛亮を喪っても、政治が紊れたわけではなく、治安

も悪化したわけではない。諸葛亮の後継者である蔣琬は泰然自若として国内の動揺を鎮め、むだなことをせず、国力の回復につとめた。かれは病身なので、賢臣の費禕が軍事を代行した。

駱谷にはいって数百里すすんだ曹爽軍は、蜀の鎮北将軍である王平にゆくてをさえぎられ、それ以上、すすめなくなった。さらに費禕が諸軍を率いて王平の応援に駆けつけたとあっては、すすむどころか敗北しかねないという状況になったので、曹爽はしぶしぶ帰途についた。

曹爽の独り善がりの遠征は失敗したのである。が、たれも曹爽を責めることはできず、曹爽も謝罪をしなかった。

帰還後の曹爽は自分に親しい者にだけ重任をさずけ、司馬懿に相談することなく、独断で朝廷運営をおこなうようになった。

すると司馬懿は病と称して朝廷から遠ざかった。

はばからねばならない司馬懿がいなくなったとなれば、曹爽の恣欲はとどまるところをしらない。やがて曹爽は天子きどりで群臣を睥睨した。

――不肖の子とは、まさに曹爽をいう。

蔣済は、口をつぐんだままである。戦場での功は、曹仁の指図に従って羨谿を攻めたことをのぞけば、まったくない。高い見識と上に正

言を献じてきたことで、高位に昇った。ここでも曹爽の政治の紊乱を匡すべきであ
るのに、その意欲を失った。先帝が曹爽を皇太子に選んだ時点で、こういう事態が
生ずることは予想できた。いまの皇帝のために曹爽を朝廷から斥逐する者はひとり
もいないであろう。

——われも引き時を誤らないことだ。

かつて蔣済は保身などを考えたことはない。

このまま曹爽が増長をつづければ、曹芳に迫って禅譲を強要して、みずから天子
になるであろう。昔、王莽がそういうことをした。はっきりいってそれは禅譲では
なく簒奪である。それを黙認するかたちで高位に残っていたくない。

せめて引き際をきれいにしたいとおもうようになった蔣済が、仰天するような事
件が起こった。

正始十年（二四九年）の正月に、曹芳が高平陵（曹叡の陵墓）に参拝にでかけ、
曹爽兄弟もそろって随従して洛陽城をはなれた。

それを待っていたかのように司馬懿が参内した。七十歳をすぎた司馬懿は老懶し
て、廃人同然である、といううわさが朝廷にながれていて、蔣済もなかばそれを信
じていた。

だが、この日の司馬懿は敏捷に動き、永寧太后（曹叡の皇后）のもとに参上して、

曹爽兄弟の悪業を告げて、かれらの官位を剝奪してもらった。

──司馬懿は惚けたふりをして、この日を待っていたのか。

城内の躁ぎを知って蔣済は慄然とした。

司馬懿は乾坤一擲の大勝負にでたのであろう。たとえ永寧太后をとりこんだとしても、曹爽兄弟は皇帝をにぎっている。かれらは皇帝を擁して司馬懿と戦えば、司馬懿を賊に貶とすことができる。

すでに武器庫をおさえ、城門を閉じさせた司馬懿が蔣済をみつけて近寄った。

「あなたがいっしょなら、心強い」

そう司馬懿に声をかけられた蔣済は、ためらうことなく司馬懿の側に趨ることを決めた。司馬懿が正しく、曹爽が正しくない、とおもったせいでもあるが、個人の正義などはここではなんの意義もなく、負ければ悪人にされて死ぬ、そのきわどさにはじめて立ったことで、国家の命運にもかかわる実戦の場にようやく立ったおもいがしたからである。

戦いというものは、是も非もなく、敗者は死ぬ。朝廷の軍事の長である蔣済がはじめて踏んだ戦場がこれであった。

やがて大司農の桓範が城外へでて曹爽のもとへ趨ったことを知った。

かつて桓範は『漢書』の摘録を作って蔣済に読んでもらおうとしたが、蔣済に無

視されて怨んだことがある。ここでの桓範の行動は、蔣済が司馬懿の側にいるから、それにさからってみたくなったわけではなく、ひごろ曹爽が自分にはらってくれている敬意にむくいようとしたのである。とにかく桓範は才知のある男である。

——まずいことになった。

そうおもった蔣済は、

「智囊が、むこうへゆきましたぞ」

と、桓範の脱出を司馬懿に報せた。智囊は、智慧袋といいかえてもよい。桓範が曹爽に付けば、かれが軍師となって戦いを挑んでくるであろう。

だが、司馬懿は落ち着いたものであった。

「曹爽は、うわべは桓範を尊んでいるものの、内心では桓範をうとましくおもっている。それに曹爽には桓範をつかいこなせる才覚もない。役に立たない駑馬ほどかいば桶の豆を欲しがるものだ。たとえ桓範が献策しても、曹爽はそれを採用できまい」

桓範を役に立たない駑馬であるとみくだした司馬懿の自信に、蔣済はおどろかされた。

戦場に臨む者の肚のすえかたとはそういうものか、と蔣済は感心した。

司徒の高柔に大将軍の軍を督率させ、太僕の王観に中領軍（近衛師団）を指麾させた司馬懿は、

「さて、でましょうかな」

と、いって、ふたたび蔣済をおどろかせた。

――城内にいて戦うのではないのか。

城外にでるということは、引き返してくる曹爽の兵と、どこかで戦うことになる

が、それはかならず天子に戈矛をむけることになる。

顔色を変えた蔣済をみた司馬懿は、目で笑い、

「天子をお迎えするためですよ」

と、こともなげにいった。

洛陽城の南で洛水と伊水が合流する。その洛水に浮橋があり、司馬懿はそこまで

兵をすすめて、駐屯させた。

やがて曹爽が曹芳を奉戴してひきかえしてきた。が、洛水の対岸には司馬懿の兵

が林立している。それをみた曹爽は用心深く伊水の南に陣を構えた。

彼此の兵力がちがいすぎると目算した桓範は、

――ここで戦っても勝てぬ。

と、判断し、

「天子を許昌（もとの許県）にお移しし、都の外にいる兵を召集なさるとよい」

と、曹爽に進言した。天子の命令で徴兵をおこなえば、十日以内に数万の兵が集

まるであろう。それから司馬懿の兵と戦えばよい。

が、曹爽の反応はにぶい。別の想念にとらわれていて、桓範のことばをきくゆと

りがなさそうな曹爽をみて、舌打ちをした桓範は、声を張りあげた。

「あなたさまご一門がどんな身分になってもかまわないと望まれても、かないまし

ょうか。匹夫（ひっぷ）でさえ、人質をひとり取れば、なお生きる望みをもてるのです。まし

てあなたさまは天子とごいっしょなのです。天下に号令をくだせば、応じない者が

いましょうや」

このときすでに、曹爽の悪事を書きつらねた上奏文がとどけられていて、本来は

皇帝である曹芳が読むべきであるのに、さきに曹爽が一読して、虚空を睨み、苦り

きっていた。そういう精神状態の曹爽が桓範のことばに耳をかたむけられるはずが

ない。進退きわまったとは、このときの曹爽をいうのであろう。

蔣済は司馬懿とともに事態の変化を待ちつづけた。

古代にあっては、橋は神を招く場のひとつである。また、占いをおこなう場でも

ある。おそらく司馬懿もそのことを知っていて、浮橋から動かぬのであろう。自分

の行動が神によって正しいと認められるか、どうか、ここでためしているにちがい

ない。司馬懿にとって生涯最大の勝負とはこれであろう。

その司馬懿と行動をともにした蔣済も、立場はおなじである。

いつまで待っても、曹爽は攻めてこないし、退却もしない。もしかしたら、曹爽は進むべきか退くべきか迷っているのではなく、ただ呆然としているだけかもしれない、と蔣済はおもいはじめた。

　——埒があかぬ。

と、みた司馬懿は、曹爽のもとからきていた侍中の許允と尚書の陳泰をかえし、尉の尹大目をつかって説得にあたらせた。そのとき尹大目は、

「あなたがたは免官だけですみましょう。洛水にかけて誓ってもよい、と太尉はおっしゃっています」

と、いった。じつは曹爽兄弟の過失を責めるについては、免官にとどめる、と陳泰らにいったのは司馬懿であり、蔣済はその意向を踏襲したにすぎない。司馬懿と蔣済がおなじことをいったのであれば、その宥免を信じてよいとおもった曹爽は兵を解き、ふたたび許允と陳泰を司馬懿のもとへ送ってから、にぎりつぶそうとした上奏文を曹芳にさしだした。

それでようやくひとごこちがついた曹爽は、

「われは富を失うことなく、老後をむかえられよう」

と、いった。それをきいた桓範は慟哭した。司馬懿がなまぬるい処置をするはず

がないとおもっている桓範は、曹爽にむかって、

「曹子丹（曹真）さまはすぐれた人であったのに、なんじらは犢（生まれたばかりの牛）としかいいようがない。われはなんじらに連座して、一族が誅殺されることになろうとはおもわなかった」

と、いって、絶望した。

はたして城内に帰還した曹爽の兄弟はことごとく誅殺され、その一族と与党ものこらず処刑された。桓範も罪をまぬかれることはできなかった。

蔣済は都郷侯に爵位を上げられ、七百戸の食邑をさずけられた。さっそく蔣済は、

「わたしにはなんの功もありません」

と、辞退したが、許可されなかった。

蔣済はこの年に逝去した。完全に司馬氏一門が主導するようになった朝廷にあって、正言を建てようがなくなったということでもあろう。

鄧<ruby>艾<rt>とうがい</rt></ruby>

荊州南陽郡は肥沃の地である。

農産物が豊かであるだけではなく、人材も豊かであった。後漢王朝を樹てた光武帝（劉秀）がこの郡の出身である。また、光武帝を輔けて創業の元勲となった鄧禹と軍事面の功臣である呉漢もでた。

この南陽郡の中央に位置する棘陽県に生まれた鄧艾は、遠祖が鄧禹というわけではないが、少年でありながらおのれの氏に誇りをもっていた。

——いつか天子をお輔けするほどの貴臣になりたい。

志望はしっかりとある。が、父のいない家はつねに暗く、貧しさにさらされた。

学問をしたくても、師に就いて学ぶというような家産のゆとりはなく、父が遺してくれたわずかな書物が、鄧艾にとって学問のよりどころであった。

鄧艾が十歳をすぎるころまで、荊州は静寧であった。

荊州七郡を治める劉表が、防衛主義をつらぬき、ほかの州の雄傑と軍事をともに

して発展しようとする野心をもたず、州を守ることに徹したからである。たしかに、北方の霸者である袁紹とのみ誼を交わしたが、袁紹のために兵をだしたことはいちどもなかった。

荊州だけが安全であると知った天下の人々は、戦乱をのがれて、荊州になだれこんでいた。

しかしその堅牢にみえた安全も、劉表の死とともに崩壊した。

その年に、鄧艾は十二歳であった。

鄧氏の族人のひとりが血相をかえて家のなかに飛び込んでくると、鄧艾の母に早口で耳うちをした。母は口を手でおさえて顔色を変えた。族人は、早く、といいげに手招きをしたあと、家を飛び出した。母は鄧艾にはなにもいわずに、趨りだした。

すでに日が西に傾いていた。

母はなかなかもどってこず、もどってきたのは、夜であった。

鄧艾は腹をすかせたまま、家のなかにさしこんでいる月光のなかに坐っていた。

母は無言のまま鄧艾のまえに坐ると、その頭をちょっと撫でた。それから嘆息した。

「おなか、すいたろ。いま、豆を煮るからね」

母は火を熾した。しばらくぼんやりしていた母は、豆のこげるにおいに気づいて、

あわてて起った。すこしこげた煮豆をわけて食べた母は、

「さあ、いまから、かたづけだ。明日の朝に荷車をまわしてもらえるから、積み込むよ。この家から、この県からでるんだ。曹操軍がくるからね。いま逃げないと、みな殺しにされてしまう」

と、鄧艾におしえた。

鄧氏の族人の会合があり、そろって避難することに決定した。県の城が敵軍に攻められるとわかった場合、多くの県民は城をでて、近くの山に逃げ込むのがふつうである。

「だが、今度の避難は、そんななまやさしいものではない。敵は、曹操軍だぞ。州内にとどまる者に活路はないと想え」

そういった族父は、州外にでなければ助からぬ、と族人に説いた。

族人の顔がいっせいに暗くなった。

――家を棄てて見知らぬ土地へ徙る。

このつらさと不安にさいなまれた。が、家に残れば、死ぬ。荊州の民には、曹操への恐れが過剰なほどある。かつて曹操は父と弟を徐州兵に殺されたため、徐州全体を烈しく憎み、徐州の兵だけでなく州民をも大量に殺害した。徐州の川は屍体によってせきとめられ、ながれなくなったとさえいわれた。あとで曹操は、その行為

を、

——まずかった。

と、悔やみ、以後、あらたに支配する地の人々を慰撫しつづけてきた。しかし曹操軍の残虐行為を恐れ、憎悪した徐州の民は州を去って四散し、かれらの一部が荊州に移住すると、曹操軍がどれほど非情で凶悪であるかを誇大に吹聴した。荊州の民はそれを信じた。それゆえ州民は曹操という名をきいただけで悪鬼のように感じ、おびえた。

鄧艾は母の荷づくりを手伝うかたわらで書物を衣類でくるんだ。その書物には父の魂が籠もっている。父の魂も移住先に運びたい。

「ど、どこへ、ゆくの」

鄧艾の口から吃音が幽かにでた。

「長老の知人が、汝南郡にいるそうな」

母は目的地になる県名までは知らなかった。族人につれていってもらうだけである。汝南郡は南陽郡の東隣にある。

——遠くない。

鄧艾はほっとした。

しかしながら、避難先の汝南郡は曹操の支配地であり、曹操を恐れて移住するの

であれば、撞着が生ずる。要するに、荊州民でなくなれば、被害にあわないという理屈なのであろう。

この鄧氏の族が東へ去った直後、南陽郡と南郡の住民はなだれをうって南下しはじめた。劉表の客将で、棘陽の南の新野にいた劉備が、南郡の南端に近い江陵県をめざして移動しはじめたため、かれに従う民が多かったからである。

鄧氏の族はぶじに州の境を越えて豫州の汝南郡にはいった。ただしこの族が汝南郡のどこに落ち着いたのかはわからない。あらたな定住地の名が史書にないということは、県でも聚落でもない地にとどまったのかもしれない。

農民のために小牛を養うことになった鄧艾は、この年のうちに、母につれられて、潁川郡の許県へ行った。このとき許県は献帝がいる首都である。

都内でひとつの石碑をみつけた鄧艾は、

「これは、なんですか」

と、母に問うた。首を横にふった母は、同行の族人に助けを求めるような目をむけた。

「これは、陳寔を彰徳する碑だよ」

「陳寔……」

鄧艾は陳寔を知らない。石碑のまえから動こうとしない鄧艾をみた族人は、苦笑

して、

「この人は、とってもりっぱな人だった。名家に生まれたわけではなかったので、独りで学び、立っているときも坐っているときも書物を暗唱した。太丘県の長に昇ったあと、郷里に帰ってしまった。多くの人に慕われ、亡くなったあと、その葬儀に三万余りの人がきたんだ。この石碑は大将軍の何進などが建てたときいた」

と、おしえた。

ついでにいえば、陳寔の子が陳紀であり、陳紀の子が陳羣である。徐州に避難していた陳羣は、呂布が敗れたあと、曹操に辟かれてその属官となり、しだいに昇進してゆく。

片方の耳で族人の話をききながら、鄧艾は碑文を読んでいた。全文を解読できたわけではないが、気にいった一文があった。

「文は世の範たり、行いは士の則たり」

この文は、文章というより、学問、学芸のことであろう。陳寔は世の模範であり、士はみならうべきである、といっている。

陳寔の偉さがわかったような気分になった鄧艾は、汝南郡にもどると、

「わたしは名を範とし、あざなを士則にします」

と、いって母をおどろかせた。

実際に、しばらく鄧艾は、鄧範、という氏名であった。ところが一族のなかに、範という名をもつ者がいるとわかり、その者をはばかって、艾に改名した。あざなも、士則をやめて士載とした。士にはこだわりがあり、棄てなかった。

やがて鄧艾は、都尉学士となった。

曹操がはじめて屯田制を実施したのは、建安元年（一九六年）である。屯田は遠征した兵または辺境を守る兵がふだんは農業をおこなうことをいう。が、軍事的ではない屯田もある。土地を失った民を集合させて土地に定着させ、その労働力を農産に直結させるものもある。その組織は、既存の県・郡の制度にはしばられない。

屯田官の上位には、

典農中郎将
典農校尉
典農都尉

などがあって、鄧艾の都尉学士は、典農都尉に属する士民をいう。ほどなく吏人となった。稲田守叢草吏という。典農都尉の属吏である。

なにしろ貧しい。

郡の吏人の父親が、その貧しさをみかねて手厚く援助してくれた。

——どうしてこんなに親切にしてくれるのか。

と、鄧艾がいぶかるほど、その援助は過分であった。口先の礼ですむことではなく、きちんとした恩返しのかたちで報いなければ、答礼にならないとおもったからである。

その援助のおかげで生活にゆとりがでたので、書物を買い、独学をつづけた。鄧艾は兵書好きであった。

——自分が兵を率いるようになったら。

鄧艾はしばしば空想した。

この空想は空想だけで終わらなかった。高い山や大きな沼をみるたびに、どこに軍営を設置したらよいかを考え、実際に測ったり図を画いて示してみたりしたので、

「おかしなやつだ」

と、みなに嗤われた。が、どれほど嗤われようと、その種のことをやめようとはしなかった。鄧艾はつねに学習し、努力しつづける男であり、それは、立っているときも坐っているときも書物を暗唱した陳寔に倣っているといえた。陳寔も名門の出ではない。しかしながら智によって力を得て台頭し、豊かな情によって多くの人々に敬慕された。鄧艾は陳寔について知れば知るほど、その偉大さがわかった。

もっとも感動したのは、

——功を他人にゆずり、非を自分がひきうけた。

ということである。われはそのようなことができるであろうか、と自問してみる

と、とてもできないと答えざるをえない。ゆえに鄧艾にとって陳寔は超絶した偉人

なのである。

やがて鄧艾は学力と才覚が認められて、典農綱紀・上計吏となった。典農綱紀は

典農中郎将の属官である。上計吏は一年の会計報告をおこなうために首都にのぼ

らなければならない。

鄧艾は洛陽へのぼった。　報告する相手は太尉の司馬懿である。　司馬懿が大将軍か

ら太尉へ遷ったのが青龍三年（二三五年）の正月であり、太尉から太傅になったの

が景初三年（二三九年）の二月であるから、その間に鄧艾は司馬懿に面会したこと

になる。

上計吏は計算と経営に長じているだけではなく、政治に精通している必要がある。

またそういう人物でなければ、上司は上洛させない。　上計吏がしくじると、上司の

成績の瑕瑾になるからである。

軍事に大いに関心のある鄧艾は、西方における蜀軍との戦いで、諸葛亮のたびか

さなる攻撃をしのぎ切った将帥が司馬懿であることを知っており、おのずと敬仰の

まなざしで報告をおこなった。

司馬懿は鄧艾の吃音をきいても、いささかもいやな顔をしなかった。その人格から温柔を感じた鄧艾は、こわばっていたものが心からも、口もとからも、消えた。型どおりの報告を終えた鄧艾は、農業以外のことを問われた。下情についても問われたので、農民の生活の現状だけではなく、下級官吏の苦しさについても、こまごまと語った。

問われたことに窮することなく、正確に返答する鄧艾をながめていた司馬懿は、

——地方に置いておくのは、もったいない才能だ。

と、おもうようになり、鄧艾が退室したあと、左右の者に、

「あの上計吏をわれの掾にしたい」

と、いった。掾は、属官である。時代を主導する者には、かならず人材を発掘する目がある。

司馬懿にあえてとりいったわけではない鄧艾は、おもいがけない知遇を得たことが栄進のきっかけとなった。太尉府にはいって掾となった鄧艾は、やがて尚書郎に昇進した。

諸葛亮が亡くなったあとの蜀は、国力の回復をはかるために、遠征を自粛した。それゆえ西方は静寧をとりもどした。当分、蜀軍の出撃はないとみた魏は、ふたた

び南方の呉に着目した。

司馬懿の下にいたころであろうか、

「陳県から項県へ、そこから寿春までくだって、農地の拡大と農産の増大を考え、視察してくるように」

と、命じられ、潁水をつかって巡察した。帰還した鄧艾は、さっそく筆を執り、

『済河論』という論文のかたちで報告をおこなった。そこで、河渠（運河）を開通させる水がすくなければ、充分な利をあげられない。たとえ田が良質であっても、水を引いて灌漑をおこなえば、大いに兵糧を蓄積できるだけでなく、水運の道も通ずる、と書いた。

また、昔、許都の付近に設けられた屯田を廃止し、淮水の北に二万人、淮水の南に三万人を配置して屯田をおこなわせると、常に西方の三倍の収穫が得られる。さまざまな費用をのぞいて、毎年、五百万斛（石）を軍資とすることができ、六、七年のあいだに三千万斛を淮水のほとりに蓄積できる。これはすなわち十万の兵の五年分の食料にあたる。

「これをもって呉のゆるみに乗ずれば、遠征をおこなって克たないことがありましょうか」

かつて項羽と劉邦が死闘をおこなったが、その勝敗を決したのは、武力の優劣で

はなく、兵糧の有無であった。呉に多大な兵糧の備蓄がなければ、このあらたな屯田によって、魏は勝つことができる。軍事に長じている司馬懿にそこまでいわなくてもわかるはずだとおもったとおりに、よけいなことはいわずに具申した。

司馬懿のすごみは、鄧艾の進言の内容を知るや、すぐにそれらを実施に移したことである。

正始二年（二四一年）、すなわち鄧艾が四十五歳のときに、その運河は開通した。それによって魏の水軍が淮水あるいは江水へすみやかに到達できるようになり、東南の地域で事変が生じた場合、大軍をさしむけやすくなった。しかも運河は水量が安定しているので洪水が起こらない。水による被害がなくなり、灌漑が農産を増大させた。鄧艾の発想が魏の富国強兵に大いに寄与したのである。

むろんこの功績は認められた。

地方にでて参征西軍事となり、南安太守に昇進した。すでに皇帝が曹芳（曹叡の養子）の時代になっている。曹芳が若いので、王朝の政治は司馬懿と曹爽（曹真の子）がおこなったが、しだいに曹爽が与党を増やして政柄をにぎると、司馬懿は朝廷から遠ざかった。鄧艾は司馬懿の属官であったことはあるが、個人的なつきあいはない。

――それでも、われは司馬氏の派閥にあるとみられていよう。

曹爽が全盛のうちは、昇進がむりであることはもとより、貶降されかねない、と鄧艾は覚悟した。官を去ることになったら、陳寔のように生きられないものか、とおもうようになった。陳寔は、宦官につごうよく作られた党錮の禁に連坐して投獄されたものの恩赦によって出獄した。その後、いくつかの徴召をうけたが、官職には就かず、門を閉ざして老後をすごした。

――人としてなかなかできることではない。

陳寔にくらべて自分にはなにか大きなものが不足している、と鄧艾は感じている。

やがて正始十年（二四九年）となった。

のちに高平陵事変とよばれる政変が起こったのである。正月に皇帝である曹芳が曹爽兄弟などを随従させて高平陵（曹叡の陵墓）に参詣にでかけた。すかさず司馬懿が宮中にはいり、郭太后（曹叡の皇后）に曹爽らの罪を上奏し、官位を剝奪したあと、

――族滅した。

これによって曹氏一門は脆弱となり、司馬氏一門の威権が増大した。司馬懿は曹爽の長年の悪事を匡したのであるから、非難されるはずもない。

――それが政治の奇術というものか。

鄧艾は、司馬懿がおのれを韜晦しておいて敵の虚を衝いたのは兵法のひとつであるとみたが、政柄をつかむための争いは、戦場で勝利を得るための進退とはちがう

とおもったので、奇術といった。とにかく鄧艾はここまで中央政府における政権のありようには関心をもたないようにしてきた。政治に首をつっこむとおもいがけないところに敵をつくってしまう。鄧艾の敵は、内にはなく、外にあるべきである。

その外の敵、すなわち蜀の衛将軍である姜維が、秋に動いた。

姜維は涼州漢陽郡の冀県の出身である。なお魏王朝の時代になると涼州は雍州となり、漢陽郡は天水郡と改名された。

二十一年まえ、すなわち蜀の丞相である諸葛亮がはじめて雍州を侵伐したとき、天水太守の巡察に随行していた姜維は、蜀軍に通じていると疑われたため、やむなく諸葛亮のもとにおもむいた。諸葛亮に拾われたかたちの姜維は、すぐに属官になり、以後、諸葛亮に嘱目されて累進した。諸葛亮の死後にも昇進をかさね、西方の軍事をまかされるようになった。

二年まえには、隴西、南安、金城の諸郡は姜維の軍に荒らされた。そのとき姜維と戦ったのは郭淮と夏侯覇であり、鄧艾は軍を主導できなかった。ところが、親交のある曹爽が司馬懿に誅殺されたことを知ると、かならず自分に禍いがおよぶと悄れ、蜀へ亡命してしまった。

夏侯覇は夏侯淵の次男であり、右将軍として隴西に駐屯していた。

前線に立って指麾権をもつ者がひとり消えたため、鄧艾がおしだされたのである。

むろん、うしろから鄧艾をおした者が司馬懿であることは、朝廷に照会しなくても
わかる。

雍州に出現した姜維の兵は多くない。一万である。しかし動きは速い。鄧艾の反
応も早かった。

戦いを避けるように姜維の軍は退却した。

征西将軍の郭淮は名将とはよばれないが、手堅い用法をするので、大怪我はしな
い。かれは鄧艾に、

「姜維は羌族の族長どもを口説いては、蜀に引き入れようとしている。蜀軍が去っ
たのなら、羌族を攻めにゆこうではないか」

と、いい、軍を西進させようとした。

鄧艾は毎日兵事を考えているような男である。自分が軍を率いて姜維と戦うこと
になったら、どうすべきか、とすでに想像を累ねてきた。

――姜維は策の多い将だ。

それは姜維の性癖からくることかもしれないが、これまで姜維が雍州を侵すたび
に、率いた兵力が一万をこえたことがないので、つまり大軍をもてない将は策によ
って勝とうとする。ここでも、姜維は策を弄するであろう。そう考えた鄧艾は、

「蜀軍は去ったものの、まだ遠くまで行っていません。突然、引き返してくるかも

しれませんので、諸軍を分けて万一に備えるべきです」

と、進言した。郭淮は尊大な将軍ではない。良策であるとおもえば、我を棄てて、下からの意見を容れる度量をもっている。

「わかった。そうしよう」

鄧艾は郭淮の許諾を得て、諸将を率いて、白水の北に駐屯した。それを知った姜維は、

「魏にも、多少は血のめぐりのよい将がいるらしい。が、しょせん浅智慧だ」

と、嗤い、属将の廖化を呼んで耳うちをした。廖化はかつて関羽に信頼されていただけのことはあり、戦いはまずくない。すみやかに兵を率いて白水の南に陣を布いた。

「やはり、きたか」

鄧艾は自分の予想通りになったことに満足したが、ほどなく疑念をもった。蜀軍がすぐに川を渉ってこないことに、

——なぜ、こぬ。

と、胸騒ぎをおぼえた。やがて鄧艾は、あっ、とのけぞった。姜維自身が率いている主力軍がほんとうに狙っているのは、雍州の兵ではなく、どこかの城だ、と気づいたのである。

——その城とは、洮城だ。

鄧艾は心のなかで断定した。洮城とは洮陽のことで、雍州と益州の境の近くにあり、鄧艾の陣から六十里は離れている。急遽、諸将を集めた鄧艾は、対岸の蜀軍が擬似餌にすぎないことを告げ、対岸の将兵に気づかれないように夜に陣を払って、洮城へ急行した。

馬をいそがせながら、鄧艾は、

——孫子はうまいことをいったものだ。

と、その兵法書のなかにある文章を反芻していた。

「兵は詐を以て立ち、利を以て動き、分合を以て変を為すものなり」

戦いは敵をあざむくことが基本であり、利益に従って動き、分かれることと合わさることによって変化をつくる。いまがそうであり、その文章につづいて、

「故にその疾きこと風の如く」

という一文があるように、鄧艾の軍も疾風のごとくすすんだ。良将の下にいる兵の進退はかならず速い。洮城を看た鄧艾は、

「まだ姜維の軍は到着していない」

と、ほっとした。一方、姜維は、廖化という餌に魏軍が食いついているはずだとおもっているので、さほど軍をいそがせず、洮城に近づいた。が、先鋒の将から、

「城内に兵が充満しています」

と、報されて、妄だろう、と自分の耳を疑った。城内にはいった兵が、廖化の兵と対峙していたその兵であることを知った姜維は、魏軍に難敵が出現したことを感じた。

敵の詐術を見破った。

その功によって、鄧艾は関内侯の爵位を賜与され、討寇将軍の号を加えられた。

それから、はるか東の青州へ遷り、城陽郡の太守となった。ただし城陽郡は海に臨んでいるので、鄧艾が海をみたのは、これが最初であろう。ただし城陽郡は戦略的に重要な郡ではない。毎日、兵事について考えている鄧艾にとって、たいくつな地であった。

鄧艾の才能をひそかに認めてくれていた司馬懿が亡くなったと知ったとき、自分の年齢をかぞえてみた。五十五である。あと十年もすれば、戦場で働けない年齢になってしまう。そういう焦りもあって、早く軍事的に活躍できる場にもどりたかった。

翌年、司馬懿の長男である司馬師が皇帝を輔弼する席に就いたと知った鄧艾は、

上奏文をたてまつった。幷州にいる匈奴と雍州にいる羌族を、中央政府がどうあつかうのがよいか、という意見書である。それを一読した司馬師は、

「卓見である」

と、いい、すぐさまそのように実施した。

すでに実質的に司馬氏の時代になっている。大将軍である司馬師の一存で、国事さえ決定される。

鄧艾は狙い通りに任地を変えることができた。その任地とは、あのなつかしい汝南郡であった。南陽郡から移住した当初の苦しさと貧しさは、とても他人にはわかってもらえそうもないすさまじさで、そのころのことを憶いだしたくもないが、人の恩を感じたのもそこであった。汝南太守として着任するや、鄧艾はすぐに属官に、

「人を捜してもらいたい」

と、いった。郡の吏人の父親が、昔、援助してくれた。その人に恩返しをするときがかきた。

調査にあたった属官は、三日も経たないうちに報告にきた。

「その人はすでに亡くなっています。が、家族は存命です」

「そうか……」

落胆をおぼえた鄧艾だが、それなら、と気分をあらため、その家に下僚を遣って

亡くなった父を祀らせ、母には厚く贈り物を与え、子を推挙して計吏とした。

時代は新しい局面を迎えつつあるといってよいであろう。

呉の孫権が七十一歳で崩じ、末子の孫亮が帝位に即いた。諸葛恪は、父が大将軍であった諸葛瑾で、叔父が蜀の丞相であった諸葛亮である。

諸葛恪が太傅となり、国政に臨むことになった。孫亮はまだ十歳である。

偉大な父と叔父をもった諸葛恪は、若いころから上の者をおどろかす才覚があり、その奇想をそなえた才能をたれにはばかることなく発揮できる席に就いたかぎり、じっとしているはずがなかった。孫権が亡くなった年の十月には、軍を率いて巣湖にむかい、魏軍の進出をおしとどめるべく東興に城を築いた。魏の神経をさかなでするように築城したとおもえばよい。はたして二か月後に、魏軍は歩騎（歩兵と騎兵）七万をもって東興を包囲した。魏軍を誘ったといえる諸葛恪は、狙い通りになったことに満足し、すばやく援軍を催して東興に到り、魏軍を大破した。

翌年の二月に東興から凱旋した軍が首都の官民に大喝采で迎えられたことは、想像するに難くない。諸葛恪の行動を脳裡で追っていた鄧艾は、

「太傅という最高位に昇りながら、なぜ武功を欲するのか。また、孫権が亡くなった年には、静かに喪に服する気持ちでいるべきなのに、半年後に軍旅を催すのは不吉である」

と、おもった。

おどろいたことに、諸葛恪は呉都に帰着すると、ひと月後に魏を討伐することを決し、二十万もの兵をくりだした。かれが攻撃の目標としたのは、巣湖の西北に位置する合肥の新城である。その城を落とせば、寿春に直進することができ、寿春を足がかりとして北伐がたやすくなる。そういう戦略上の意図は、鄧艾にもわかるが、

——性急すぎるのではないか。

と、首をかしげた。

呉兵は去年の冬からほとんど休息していない。

自分の名を顕赫させたいだけで国民のことをおもいやらない諸葛恪は、昔、失脚した曹爽に似ていないだろうか。曹爽が蜀の討伐に失敗したように、諸葛恪も軍資をむなしくついやすだけで、なんの成果も得られずに引き揚げるだけであろう。鄧艾はそう予想した。

はたして諸葛恪の軍は新城を攻めあぐねた。春がすぎて、夏になると、暑さと疲れのために多くの兵が倒れた。生水を飲んだ兵は下痢をおこして衰弱した。死者が増えるばかりになっても、諸葛恪が撤退しなかったために、軍の損傷が拡大した。新城を救援する魏軍がくると知って、ようやく諸葛恪は退却した。

それを知った鄧艾は司馬師に進言をおこなった。

「諸葛恪は国政を掌握したばかりであるのに、その主上を無視し、上下を撫恤して

基を立てることを念わず、国民をむごく用い、大兵を駆りたて、堅城を攻めて失敗しました。死者は数万であるとききました。かれは禍いを載せて帰りましたが、艱難にたいして配慮しておりません。もはや滅亡が待っているだけでしょう」

司馬師は鄧艾の異能に気づいており、この予測を重視した。はたして十月に諸葛恪は孫峻に斬られた。

「鄧艾の予想通りになったか……」

うなずいた司馬師は、鄧艾を兗州刺史へ遷し、振威将軍の号を与えた。

呉の政情は不安定となったが、魏はそれを嗤わない。皇帝の曹芳の淫行がおさまらず、司馬師を朝廷から排除するための陰謀があった。それゆえ司馬師は曹芳の廃位を断行し、高貴郷公である曹髦を迎えて帝位に即けた。曹髦は曹丕の孫である。曹髦の即位後に、曹髦のようにたれの子かわからないような謎めいた血胤ではない。

鄧艾は方城亭侯に爵位があがった。

往時、司馬懿とともに北伐を敢行し、遼東の公孫淵を討滅したのが毌丘倹である。かれは魏の諸将のなかでも最上のひとりといってよい勇将で、実績のある司馬懿を尊敬したものの、その子の司馬師はかってに廃位をおこない、無礼で驕った存在であると嫌悪し、揚州刺史の文欽と共謀して、叛乱を起こした。かれは自身の挙兵の正当さを天下に知らしめるべく、使者を四方へ送った。

その使者が兗州にきたので、

――これこそ毌丘倹の驕りではないか。

と、おもった鄧艾は、すぐにその者を捕らえて斬り、軍旅を催すと、潁水をつかって北上してきた叛乱軍を阻止すべく、南下して楽嘉に到った。毌丘倹の主力軍は楽嘉の東南の項まで進出している。いつもながら鄧艾の軍のすすめかたはおどろくべき速さであり、楽嘉に到るとすぐに浮橋をかけるという手際のよさも出色である。大軍を率いて南下した司馬師は、楽嘉から遠くない汝陽に到ると、鄧艾に密使を送った。

「敵に弱みをみせ、これを誘え」

これというのは、遊軍の文欽である。司馬師の策を理解した鄧艾は、防備の兵を移動させて、敵に楽嘉の城を攻めやすくみせた。

はたして文欽の軍は夜中に動いた。しかし、それよりまえに司馬師は動き、楽嘉への到着は文欽より早かった。夜明けに、楽嘉における盛大な軍容をみた文欽は、

――しまった、計られた。

と、愕然とし、すばやく退却しようとした。が、司馬師の動きは、ここでも文欽の近衛の騎兵隊に猛追させたのである。追撃された文欽の軍は大破にまさっていた。それでも文欽は戦死せず、南へ南へと逃走した。

鄧艾は追撃に加わり、文欽を追いつづけて丘頭（武丘）に到った。が、文欽を捕

斬することができなかった。

司馬師は鎮南将軍の諸葛誕には、

よ、と命じた。かつて徐州にいた諸葛氏の族人たちは、曹操軍が徐州に侵攻してき

たとき、四散したため、魏、呉、蜀に散在することになった。

――みせかけるだけでは、おもしろくない。

と、意っていた諸葛誕は、実際に叛乱軍の本拠となった寿春にむかおうとした。

が、呉の大将軍となった孫峻が大軍とともに江水を渡ろうとしているときこえてき

た。そこで、南下をつづけている鄧艾に、

「肥陽にはいって、呉軍の攻撃にそなえよ」

と、指示した。

その指示にしたがって肥陽に到着した鄧艾は、諸葛誕の戦術眼が少々にぶってい

て、肥陽での駐屯に攻防の意義がないと判断した。それゆえすぐに駐屯地を寿春の

南の附亭に移した。さらに泰山太守の諸葛緒らを附亭の東隣の黎漿へ移して、北上

してきた呉軍を撃退した。戦術眼は鄧艾のほうが諸葛誕より上であることはあきら

かであった。

鄧艾は長水校尉に任命されたあと、方城郷侯となった。

さらに、行安西将軍となった。行は、仮に、ということであるが、実質的には安西将軍である。この叙任をおこなったのは司馬師ではない。

司馬師は毌丘倹の死を確認して、ほどなく、許昌において逝去した。朝廷における実権を継承したのは、弟の司馬昭である。かれは南方の防衛については、

――諸葛誕にまかせておけばよい。

と、考え、鄧艾を西方にまわすことにした。

蜀では国政をあずかっていた費禕が、姜維には一万以上の兵を掌握させなかった。あの万能といってよい諸葛亮でさえ成功できなかった遠征を、諸葛亮より才能の劣る者が成し遂げられるはずがないという理由である。しかし、費禕が亡くなったあとには、姜維は数万の軍勢を動かせるようになった。

雍州は姜維に荒らされた。毌丘倹の乱があった年も、隴西郡に侵入した蜀軍は、洮水の西において雍州刺史である王経の兵を撃破した。王経の兵の死者は数万人におよび、敗退した王経は狄道県の城に籠もった。すぐにこの城は蜀軍に包囲された。征西将軍の陳泰である。陳泰は陳羣の子で、司馬昭と親しい。

王経を救助するために直行を求められたのは、征西将軍の陳泰である。陳泰は賢臣であり、その軍事の能力が乏しいわけでは

ないが、用心のために司馬昭は陳泰の軍を翼けるべく鄧艾を西へゆかせた。

陳泰の麾下にはいった鄧艾は、以前とちがって姜維が大軍を率いていることを知り、

——兵が多ければ、兵糧の減りも早い。

と、想い、

「いま姜維の軍は勢いが盛んであり、それに当たるのは得策ではありません。勢いが衰えてから救助にむかえばよいではありませんか」

と、進言した。ほかの将もおなじ考えかたであった。

が、陳泰はこれらの意見を一蹴した。

「王経は城壁を高くし、塁を深くして、姜維の鋭気を挫くべきであった。それなのに城の外にでて原野で姜維と戦った。姜維にとっては狙い通りになり、王経を敗走させて、狄道に封じこめた。が、それからの姜維は過って、王経を追うのではなく、櫟陽に蓄積されている穀物をよりどころとして、降伏した者を収め、羌族と胡族を招いて自軍にとりいれ、四郡に檄文を飛ばしていたら、わが軍にとって最悪になるところであった」

鄧艾は内心瞠目した。いままで信奉してきた兵法が、じつは常識にすぎず、戦略的な視野がせまい、と痛感させられた。

陳泰は説明をつづけた。

「ところが姜維は勝ちに乗じて王経を追ったことで、その兵は堅城の下で頓挫してしまった。鋭気が殺がれてしまったのだ。それによって攻守の勢いが変わり、主客がいれかわった。城攻めのための櫓を建て、塁を築くには、三か月かかると兵書にあるではないか。蜀軍は攻城のための大型兵器をもっておらず、姜維が鬼謀の持ち主であっても、すみやかに事ははこぶまい。自国から遠く離れている軍に、兵糧はつながらない。ゆえに、いまこそわが軍はすみやかにすすんで姜維の軍を破るときである。いわゆる、急な雷鳴は耳を掩うひまがない、というやつで、自然の勢いである」

きき終えた鄧艾は恥ずかしくなった。

陳泰の兵略の基本にあるのも、鄧艾が熟知している孫子の兵法である、とわかった。ただし、応用力がかくだんにすぐれている。

──この人にはかなわない。

鄧艾はひそかに舌を巻いた。

おなじように姜維も舌を巻くであろう。

隴西の郡府をでたこの軍を、なぜか陳泰はいそがせなかった。鄧艾は首をかしげたが、陳泰にはひと工夫があった。最初からこの軍を敵の目からかくすのではなく、最初はよくみせておき、蜀軍を急襲するのに、急行しないとは、どうしたことか。

途中でかくすという巧妙なことをした。つまり、狄道へゆくには南路と北路があり、大軍が救援にゆくには南路をすすむのがふつうであるから、姜維は南路に伏兵を設けているにちがいないと陳泰は考えた。その伏兵を用心しないふりをしてしばらく南路を行き、姜維の意識を北路にむけさせないようにしたのである。

三日経っても魏軍があらわれないので、

——どこに消えたのか。

と、不審をつのらせていた姜維は、まさか陳泰の軍が険峻な路にそれて、巍々たる嶺を越えて近づいてきているとは想わなかった。

狄道の東南にある高山に到着した魏軍は、烽火を挙げ、太鼓と角笛を鳴らして城中の兵を励ますと同時に、山ぞいの道をすすんで蜀軍に突撃した。すでに勝敗はあきらかであった。

一安を得て城外にでた王経は、深々と嘆息し、

「兵糧はあと十日分もありませんでした。すぐに救援にきてくれないようでしたら、城は全滅し、この州は魏の版図から消えていたでしょう」

と、いった。そのようすを観た鄧艾は、この行軍が貴重な体験になったとおもった。

狄道の王経を救い、姜維の蜀軍を撃破したのは、むろん陳泰であるが、その指麾

に従って戦闘をおこなったにすぎなくても、鄧艾にも功ありと認められて、正式な安西将軍に任ぜられた。

陳泰は帰還して天水郡東部の上邽にとどまり、その後、中央政府に召された。

姜維との戦いは、鄧艾にまかされたということである。

南へ退却した姜維であるが、益州にもどったわけではなく、隴西郡の鍾提に駐屯している。それについて、

「姜維の軍はすでに力を出し尽くしており、再度の出撃はありますまい」

という意見が多かった。

しかし鄧艾はその意見を善しとはしなかった。たしかに陳泰の軍は姜維の軍を突き崩したが、魏にとってはさきの王経の敗戦による損害が甚大で、実質的な勝ちを得たのは姜維のほうである。いま魏軍は兵糧と武器がすくない。しかも、将が替わり、兵もいれかわっている。軍の上下がしっくりといっていない。魏軍の弱点はそれだけではない。姜維は兵の移動に船をつかうことができるが、こちらは陸地しか行軍できない。さらに、守るほうは狄道、隴西、南安、祁山に守備兵を分けなければならないのに、姜維軍は分散する必要がない。とにかく魏軍に弱点が多く、それを姜維がみのがすはずがない。

「ゆえに、策を弄する姜維はかならずくる」

そう断言した鄧艾は、軍を祁山にむけた。祁山のほうには広大な麦畑があり、いままさにその麦が熟している。兵糧をおぎなうために姜維は麦を奪いにゆくにちがいない、と予想したからである。

はたして姜維はきた。が、鄧艾のほうが早かった。ここからは両者の智慧くらべとなった。

――そこで麦の収穫でも手伝っていよ。

と、敵将にむかってあえて笑声を放ち、すぐに軍頭をめぐらせた。天水郡の南部を西進して南安郡にはいり、董亭を通った。兵を手足のごとく動かせる姜維は、自軍の速さに自信をもっている。が、鄧艾はそれをうわまわる速さで西北にすすみ、北上してきた姜維軍を武城山で迎えた。どこへ行っても鄧艾が前途にいるという事実に不快をおぼえた姜維は、

「叩きのめしてやる」

と、吼えて、軍を前進させた。鄧艾の軍に当たってその強弱を知ろうとした。険路での戦いとなった。山谷での戦いに馴れていない鄧艾の兵が、蜀の兵と争ってひけをとらず、要害の地を占めた。劣勢をつづけた姜維は、嫌気がさしたのであろう、ようやく撤退した。しかしながら、姜維が王経に大勝したのは事実であり、蜀の朝廷はその功をたたえて、帰還するまえの姜維を大将軍に昇進させた。

鄧艾の実力をあなどれないと感じた姜維は、翌年、鎮西大将軍の胡済に出師をうながし、上邽で合流するてはずをととのえて、天水郡に侵入した。

「懲りない将だ」

姜維の軍の動かしかたは恣意的で、目的がよくわからない。どこかの城を急襲してそれを落とせば、それが勲功となる。

——姜維は上邽へむかったのか。

以前、陳泰が指摘したように、姜維には規模の大きな戦略はない、と鄧艾もみた。それゆえ、姜維軍の動きに劣らない動きさえ自軍がもっていれば、失敗することはけっしてない。

鄧艾は急速に兵を動かして、上邽の東にある段谷に、迎撃の陣を布いた。この戦いには、鄧艾に幸運があった。上邽にむかってくる蜀軍は、姜維軍のほかに胡済軍があったはずなのに、胡済軍はこなかった。二軍が連合する予定のところ、一軍で鄧艾の軍に衝突した蜀軍は、むざんに潰滅させられた。敗兵は逃げまどい、かつてない数の死傷者をだした。

敗残の将となった姜維は、帰還すると、謝罪し、みずからを責めて、官位を下げることを願いでて、後将軍・大将軍事代行となった。

それにひきかえ、鄧艾の武功はめざましく、朝廷に称賛された。鎮西将軍・都督

隴右諸軍事に任命されたのも、当然であろう。西方の防ぎをまかされたといってよい。

――姜維がおとなしくしているはずがない。

鄧艾は用心をゆるめなかった。

甘露二年（二五七年）に、南方の防衛をまかされていた諸葛誕が叛乱を起こした。益州から雍州にでる道は、

それに呼応するように、姜維が駱谷を通って出撃した。

東から、

子午道（子午谷を通る）

儻駱道（駱谷を通る）

褒斜道（斜谷を通る）

故道（陽関大道）

関山道（祁山道）

という五道がある。姜維は儻駱道をつかって扶風郡を侵し、沈嶺まで進出した。

という五道がある。姜維は儻駱道をつかって扶風郡を侵し、沈嶺まで進出した。長城のほとりで防いだようであるが、その長城が、秦の始皇帝によって築かれた長城というのであれば、扶風郡には残存せず、あったと

そつのない鄧艾はその軍を、

すればはるか西の隴西郡である。

しかし駱谷水のほとりに長城とよばれる城がある

ので、戦場はそこであろう。

魏の防衛には大将軍の司馬望（司馬懿の弟の子）が加わり、堅守したので、姜維軍はどうしてもそれを破れなかった。翌年に、寿春の諸葛誕が戦死したことを知った姜維は、この北伐の意義を失い、ようやく引き揚げた。蜀の成都に帰着した姜維は、大将軍に復帰したのであるから、その朝廷人事は甘いといわざるをえない。

鄧艾も昇進した。征西将軍になった。

方面軍司令官は、東方、西方、南方、北方における攻防の要枢にいるべき人である。四征将軍とよばれる。そのなかでも、征西将軍は他の方面軍司令官より華やかで、すべての武人のあこがれのまとである。

このとき鄧艾は六十歳をすぎている。

――この位までできたか。

鄧艾は、はしゃぎたいほど嬉しかったであろう。食邑は六千六百戸である。司馬昭と親しい陳泰でさえ、食邑は二千六百戸である。皮肉なみかたをすれば、姜維が出撃するたびに、鄧艾は昇進したのであるから、姜維のおかげでもあろう。

また鄧艾は西方にいるせいで、中央の政変にかかわらなくてすんだ。司馬昭に政柄をにぎられ、おもうように親政ができない曹髦は、二十歳になった

甘露五年（六月に景元元年に改元）に、みずから司馬氏一門を討つべく兵を集めて進撃した。が、あえなく殺害された。

曹髦の遺骸は、皇帝としてではなく、王として埋葬された。むろん諡号はない。初代の皇帝である曹丕が文帝、二代目の曹叡が明帝という帝号を贈られたが、三代目の曹芳は廃替させられ、四代目の曹髦は尋常な死にかたではなかったため、二代つづけて諡号のない皇帝となった。

五代目の皇帝を曹奐という。

常道郷公から践祚した人で、曹操の孫であり、燕王曹宇の子である。この年に、十五歳であるから、幼帝ともいえないが、自分の意思で聴政ができる年齢ではない。

後漢王朝の最後の皇帝である献帝が曹操に迎えられたとき、十六歳であったから、状況はよく似ており、歴史はくりかえすといわざるをえない。

天命は曹氏から司馬氏へ移ろうとしている。

景元四年（二六三年）、歴史は転換期にさしかかった。

大将軍の司馬昭から、鄧艾に命令がくだされた。このとき鄧艾は戦場にいた。といっても戦闘のさなかではない。姜維が隴西郡に侵入したので、鄧艾はその軍を侯和において破った。敗退した姜維軍が益州の陰平郡北部に位置する沓中にたてこもったので、鄧艾は益州に踏み込んで、年を越しても、その軍と対峙していた。司馬昭の命令は、

「そのまま姜維と対峙するように」

と、いうものであった。

この年に、司馬昭は五十三歳であり、為政者としては円熟期を迎えていた。過去の姜維の遠征の回数を算えてみて、いかにも多すぎること、しかもその遠征がほとんど成果を得ていないこと、それなのに姜維の遠征をやめさせる者が蜀の朝廷にいないことなどを照らし合わせると、蜀はずいぶん国力を浪費したにもかかわらず、国力を回復させる政策をおこなっていない、と推察できる。

「老衰した国は、強い力でたたかなくても、倒れるものだ」

司馬昭の心のなかの声はそういうものであった。あの曹操でさえ征討できなかった蜀の国を倒すのはいまだ。絶好の気運をみきわめたおもいの司馬昭は、敵将として、はうるさい姜維を鄧艾にひきつけさせておき、雍州刺史の諸葛緒に姜維の退路を絶たせた。そのように姜維を封じ込めておき、鎮西将軍である鍾会に駱谷を通って蜀を攻略するように命じた。

鍾会は鍾繇の庶子で末子でもある。

血のめぐりのよい男で、蜀を取るという計画を立てたのは、司馬昭と同時であったといってよく、両者は蜀の地形の調査をまえもっておこなった。そういう経緯があったので、司馬昭は鍾会を優遇し、蜀の深部に最初に到達できるように十余万の

兵を与え、姜維の相手は鄧艾と諸葛緒にまかせたのである。

ところが、諸葛緒がしくじった。

「橋頭にむかえ」

司馬昭の命令のなかにそういう指図がふくまれていたので、諸葛緒は兵をいそが

せて、陰平郡の端に位置する橋頭に到着し、その地に駐屯した。そこまでには、な

んの疎漏もない。

橋頭はふたつの道の分岐点であり、そこに立てば、ふたつの道を監視できる。司

馬昭は、姜維が鄧艾との戦いをやめて引き揚げるのであれば、かならず橋頭を通る、

と予想したのである。

その予想は正しかったというべきであろう。

鄧艾は天水太守の王頎らに直進させて、姜維の陣営の正面にあたらせた。同時に

隴西太守の牽弘らに姜維軍の反撃にそなえさせ、金城太守の楊欣らを西の甘松にさ

しむけて、西への道をふさいだ。甘松は州の境に近い。

この魏軍の配置によって、姜維は東か南へしりぞくしかないが、東へむかえば橋

頭に到るので、その道も通ることができない。

すでに鍾会の大軍がはるか東の漢中郡に侵入したことを知った姜維は、

——それが魏の主力軍だ。

と、察し、その主力軍を阻止しなければ、成都が危うくなると戦慄（せんりつ）した。だが、橋頭に魏軍がいては主要道に到りにくい。しかしその軍と戦闘ということになれば、

さらに時間がかかる。

孔函谷（こうかんこく）を東南へいそいだ姜維は、

「北道（ほくどう）にはいって、諸葛緒の軍を避けて、うしろにでる」

と、決め、険路（けんろ）をすすむことにした。姜維軍の移動がにぶくなった。諸葛緒は橋頭に軍をとどめたことで、姜維軍の動きを鈍化（どんか）させたのである。それによって鍾会軍の進攻を補助した。

ところが姜維が橋頭に到らず別の路をえらんですすんでいると知った諸葛緒は、

──その軍を止めなければならない。

と、とっさに判断して、いそいで軍を三十里さげた。古昔（こせき）より、三十里は軍の一日の行程であるといわれているが、平坦な路のすくない益州の北部ではどうなのであろう。

じつは姜維の軍も三十余里すすんでいた。そこに急報がはいった。

「橋頭が空きました」

益州内の情報網は、蜀軍のほうが精密である。

──しめた。

速断した姜維は、急遽、引き返して、橋頭を通過した。姜維軍の方向転換を知った諸葛緒は、あわてて橋頭にもどったが、すでに姜維に率いられた大軍が通ったあとであった。

蜀の皇帝の劉禅は救援のために、左車騎将軍の張翼と輔国大将軍の董厥を漢中郡にむかわせたが、かれらが漢中郡よりはるか手前の漢寿に到ったとき、退却してきた姜維と遭った。いまさら漢中にむかっても益はないので、

「剣閣を死守したほうがよい」

と、かれらは意いを一致させて、漢寿から遠くない剣閣という要害にむかい、そこで鍾会の軍を防ぐことにした。剣閣には剣門関という要塞があり、それについてははるかのちの唐の時代に、

「剣壁門高五千尺」

と、詩われたように、岩壁が天を刺すほどの高さで立っている。姜維らがそこに立て籠もったことで、鍾会軍はまえにすすむことができなくなった。

鍾会軍の滞陣を知った鄧艾は、

「剣閣の南にでる路はないか」

と、左右に問い、間道を調べさせた。すぐに報告があった。

　橋頭までゆかず、陰平からはいって南下すれば徳陽亭に到る。徳陽亭の位置は、剣閣から百里西である。そこからさらに南下すれば涪県に達する。涪県は蜀の国郡である成都から三百余里しか離れておらず、そこに着けば国の腹心を衝くことになる。

　この進撃路を上表のかたちで司馬昭に報告しておき、鄧艾は徳陽亭をめざした。

　陰平から七百余里すすんだが、ひとつの人影もみず、荒寥とした冬の色があるだけであった。

　山につきあたれば掘って道を通し、谷に臨めば橋を架けた。しかしながら蜀の山は恐ろしく高く、谷の深さは尋常ではない。山谷に道を造る作業は困難をきわめた。軍の移動は人馬に限定したものではない。兵糧の輸送に支障が生ずれば、敵と戦うまえに、軍全体が枯死してしまう。至難の行軍となった。

「ここをおりるのか」

　足がすくむような谷があった。滑りおりてゆくしかないとわかった鄧艾は、からだに毛氈をまきつけた。

「ままよっ」

　鄧艾は跳んでころがった。骨折することなく谷をおりた。逆に、崖をよじ登る場

合もある。　獣さえ恐れて近づかない道である。　木をつかみ、岩に手をかけ、下の者の肩に足をかけて身をせりあげるしかない。　綱をつかって馬を昇降させる労力は甚大であった。

この道をすすむ鄧艾軍は蜀の情報網にかからず、完全に消えていた。鄧艾が武人であるかぎり、武功を樹てたい気持ちは充分にあるが、鍾会をだしぬこうとしたわけではない。自軍が涪県に到れば、もはやその軍容を隠しようもなく、敵に知られる。剣閣を死守している姜維は、後方に出現した鄧艾軍を成都に近づけないために、いそいで後退するであろう。すると、剣閣の防禦が弱くなり、鍾会が前進できるようになる。

しかしながらこれは、肉を切らせて骨を断つという戦術といってよい。なぜなら、鄧艾軍を迎撃するために成都から軍が出撃することはまちがいなく、その軍と戦っているうちに姜維の軍に追いつかれてしまうと、全滅しかねない。鄧艾が戦死しても鍾会が大勝すれば、司馬昭の戦略は正しかったことになる。

――われが死なないためには……。

姜維軍に追いつかれないように速くすすむしかない。

徳陽亭の西に江由がある。先陣がそこに到ると、蜀の守将である馬邈は、おどろ

きうろたえてほとんど戦うことなく降伏した。鄧艾はついに徳陽亭に到った。ここから成都までは、死の淵をすれすれに通るような険絶な道はない。南の天地をゆびさした鄧艾は、

「ぶじにこの地に立てたことは、天の導誘があってのことだ。ここから成都までは、洛陽から長安までゆく道のりの半分余だ。さあ、われらが成都城内に、一番に、乗り込もう」

と、疲労の色の濃い兵をはげました。

涪県までは敵兵がいなかった。が、いつまでも戦わずにすすめるわけではない。

涪県にいた蜀軍を督率していたのは諸葛瞻である。

「諸葛亮の子が相手か」

父が天才であっても子が天才であるとはかぎらない。鄧艾は恐れ気もなく軍を前進させて、蜀軍の先鋒を突き崩した。

——傷は浅い。

と、みた諸葛瞻は陣を立て直すために、緜竹まで退却した。名門の当主がここで死ぬのは惜しいとおもった鄧艾は、使者に書翰をもたせて敵陣へ遣った。

「もしも降伏すれば、上表をおこなって、あなたを琅邪王にしよう」

これはよけいな親切心であったといえる。諸葛瞻は一読するや、激怒し、鄧艾の

使者を斬った。

——さあ、こい。

それを遠望した鄧艾は、さすがに諸葛亮の子だ、軍を硬質に変えたわい、と心中

諸葛瞻は闘志をあらわにして戦陣に臨んだ。

でつぶやいた。自分の子の鄧忠に、

「なんじは敵の右陣を攻撃せよ」

と、命じ、軍司馬の師纂には左陣を攻めさせることにした。両将は攻撃を開始し

た。が、諸葛瞻の軍は将卒すべてが死戦を覚悟しており、その矛先に妖気さえまと

わせて、魏兵を撃退した。蜀兵をみくびっていた鄧忠と師纂は舌を巻いて敗走した。

ふたりが口をそろえて、

「とても歯が立ちません」

と、報告したので、鄧艾は立腹した。

こんなところで滞陣してたまるかというおもいで、ふたりを叱呵した。

「存亡の分れ目は、この一戦にあるのだ。歯が立たないことなどあるものか」

怒り心頭に発した鄧艾は師纂だけではなく自分の子をも斬罪に処そうとした。ひ

たいを地にうちつけて謝ったふたりは、必死の形相となり、先陣に馳せもどると、

「ふたたび退却すれば、死罪があるだけだ。前途を拓いて、生をつかむのだ」

縣竹までくれば、成都まで二日で着ける。

と、兵にいいきかせ、蜀兵に再戦を挑んだ。

両軍は引けぬ戦いとなった。激闘をくりかえすうちに、魏軍が優勢となり、つい

に蜀軍を圧倒した。蜀軍では、諸葛瞻のほかに尚書の張遵が戦死した。

鄧艾は快哉を叫びたくなった。

剣閣を守っている姜維が蜀の主力軍を掌握しており、その軍が鄧艾を追って南下

してこないかぎり、成都の外で防禦の陣を展開する将士はもはやいないのではない

か。あえて想像すれば、多くの兵が都外にでたため、国都を守る兵は極端に寡ない

のではないか。が、これは臆測にすぎないので、鄧艾は用心深く軍をすすめて雒県

に到着した。ここまでくれば、成都は目と鼻のさきといってよい。

むろん成都の朝廷では、諸葛瞻の敗死によって敗兵が四散したという凶報がとど

けられた直後に、どう対処したらよいかが話しあわれた。ひとつは、皇帝を奉戴し

たまま成都を死守することである。いまひとつは、皇帝をほかの地へ遷すことであ

る。呉に亡命してもらうか、益州南部の建寧郡へ退去してもらうか、ということで

ある。

議論が錯綜するなかで、ひとり冷静で、さまざまな意見を制したのが譙周である。

まず首都を防衛することは、防備が薄すぎて、論外である。地形の険阻さにたよ

りすぎて敵を甘くみていたため、いまから徴兵をおこなっても遅い。また南部の郡

へ逃走するのであれば、これも準備が必要であり、敵が首都に近づいているこのと
きに、ここから脱出しても、急な追撃を防ぐことはむずかしく、南部の官民が心変
わりしていれば、途中で襲撃されるかもしれない。ゆえに皇帝の安全を考えれば、
呉に亡命するか、魏に降伏するしかない。どちらを選ぶにせよ、ひとつはっきりし
ていることは、

「他国に身を寄せれば、天子のままではいられないということです」

と、譙周はいった。劉禅は蜀の天子であるが、呉に移れば呉帝に臣従することに
なり、魏にはいれば魏帝に服従することになる。いずれも恥辱をうけることになる
が、そのような恥辱は一度だけにしたい。呉と魏をくらべてみると、呉が魏を併呑
することは不可能といってよく、魏が呉を併呑することは可能である。それを想え
ば、呉へ亡命すると、二度も恥辱をうける恐れがある。ゆえに魏に降伏するのがよ
い。

ついに、譙周が説いた道理を易える者はいなくなった。

劉禅が迷いを棄てて譙周の意見に従ったことによって、蜀という国の命運は尽き
た。

劉禅の使者として侍中の張紹、光禄大夫の譙周、駙馬都尉の鄧良が成都をでて、
雒県まで行き、鄧艾に面会した。かれらは劉禅の意向を鄧艾につたえ、印綬と書翰

を差しだした。

それをうけとった鄧艾は全身が熱くなるほど感動した。あの曹操が征討をあきら
めた蜀の国を、いま自分が降したのである。のちの世のたれかが完成する三国に関
する歴史書のなかで、かならず、

——鄧艾、蜀を征服す。

と、記すであろう。鄧という氏をもつ者でもっとも有名であるのは、後漢の光武
帝の創業を翼けた鄧禹であるかもしれない。が、蜀の滅亡に立ち会おうとする鄧艾
はその名をしのぐかもしれない。ちなみに鄧艾の眼下にいる三人の使者のひとりで
ある譙周に師事する陳寿が、歴史書である『三国志』を書くのである。

十一月の風が吹いている。

鄧艾が軍を成都の城郭の北まですすめた日に、劉禅は太子と諸王それに群臣六十
余人を率い、みずから後ろ手に縛って棺を背負い、軍門に到った。

——古代の光景をみるようだ。

劉禅が背負っている棺は、自身が死んだ場合にそなえての物である。鄧艾は史書
で読んだ光景を眼前のそれにかさねつつ、劉禅の縄を解き、棺を焼き棄てた。劉禅
には苛酷な処罰をおこなわず、その降伏をおだやかにうけいれたという証がそれで
ある。

その後の処置も、荒々しくなかったので、鄧艾は蜀の人民にたたえられた。なお劉禅によって停戦を命じられた剣閣の将士たちは、怒りのあまり、刀をぬいて石を斬ったという。

鄧艾はこのあと死ぬ。

功が大きすぎたことを鍾会に妬まれ、讒言されて叛逆者とされ、司馬昭のもとに檻送された。ところが、真の叛逆者は鍾会であり、成都の混乱のなかで鍾会が死ぬと、鄧艾の下にいた将士は檻送の車を追って鄧艾を救いだした。喜んだ鄧艾が成都へもどろうとしたところ、鎮西軍司の衛瓘からさしむけられた兵によって斬られた。

六十八歳であった。

それから三年後の泰始三年(二六七年)に、議郎の段灼が、鄧艾は叛逆したわけではない、と上奏をおこなった。ときの皇帝は、司馬昭の子の司馬炎である。

六年後に、司馬炎は詔をくだした。

「鄧艾は勲功がありながら、罪を受けて刑からのがれられなかった。子孫は奴隷になっている。朕はつねにそれを愍れんでいた。よって嫡孫の鄧朗を召し出して郎中とする」

解説　　　　　　　　　　　　　　　湯川　豊

　宮城谷昌光氏の『三国志』は全十二巻で、まさに超大作である。これは宮城谷氏にとっても格別な作品だったに違いなく、自作について解説風なことを語るのがきわめて少ないこの作家が、何度かにわたってインタビューに応じていることからもそれが推察されるのである。私はインタビューで語られた作家の言葉に心惹かれ、今でも記憶していることが少なくない。

　その一つに、自作には「非常に強力なライバル」が存在した、それは『三国志演義』だった、という発言がある。宮城谷氏の『三国志』の基本的姿勢がまっこうからそこに表明されている。

　『三国志演義』は、明代（十四世紀半ばから始まる）になって書かれた「小説」、多分に荒唐無稽な物語であり、三国時代の歴史とは遠くかけ離れている（作者は羅貫中（らかんちゅう）とされるが、この人物は履歴不明）。これに対し、正史の『三国志』の作者は、晋の陳寿（ちんじゅ）であり、『史記』の司馬遷が創造した紀伝体という歴史記述の方法がそこ

では採用されている。

紀伝体は、本紀と列伝をもつ。ごく簡略にいえば、本紀は王朝の成立と消長が語られ、列伝はその歴史的時間のなかで生きた人物像が描かれているが、虚構ではないという。むろんそれは人物伝というより、人物を語るエピソードを並べたものだが、虚構ではないというのが必要な条件だろう。

宮城谷氏は、雑誌連載が始まった二〇〇一年のインタビューで、こんなふうにいっている。

《私が書くのはあくまで正史としての『三国志』でして、演義もの、つまり読み物として成立した『三国志演義』の世界ではありません。ですから、大活劇ものを期待する読者には少々違和感があるかもしれませんね。》

いま、私たちは十二巻の宮城谷『三国志』という本紀をもっている。とするならば、その後に書き継がれた『三国志名臣列伝』は、本紀と列伝の、列伝に当たるものといっていいのではないか。そこには、オハナシではない、歴史のなかに生きた人間の姿が出現している。この「魏篇」でとりあげられた名臣の名を目次にある順序で示せば──

程昱、張遼、鍾繇、賈逵、曹真、蔣済、鄧艾の七名。数は前著の『三国志名臣列伝　後漢篇』に等しい。程昱から賈逵までの

四人は、魏を実質的に造りあげた曹操に見いだされた臣下たちである。宮城谷『三国志』は、曹操の文人としての魅力をみごとに描いているが、曹操はまた人間を見いだす力においても卓絶していたことを私たちは知るのである。

　目次の最初にあるのは、程昱である。前の名は程立、兗州に住む平民であったが、世間を見る眼は正確で公平、何となく周囲に人が集まってきた。後漢末期、各地に黄巾の乱が起り、それをきっかけにして有力者が角突きあいを始めた。宦官を一掃しようとした大将軍・何進は宦官に暗殺され、その後に袁紹、袁術、鮑信などが存在感を示し、なかでも力をもって中国中央を統治下に置きはじめたのが曹操である。

　程立の鋭い精神に気づいた曹操は、程立に小さくない役を与え、身近な存在として扱った。改名を勧め、程立の見た夢にちなんで、立の上に日を置いて程昱とした。

　その後の曹操と程昱の関係が興味深い。程昱は諫言をしつづけるのである。

　たとえば、曹操が袁紹に助力を請うために家族を人質に送ろうとしたとき、それを本気で諫めた。袁紹はいまは盛隆のなかにいるかに見えるが、それほどの人物ではない。苦境を自力で脱する者だけが偉業を成すのだといって、曹操に自立をうながす。

　いちばん大きな諫言は、曹操のもとに逃げてきた劉備についてである。曹操は劉

備を厚くもてなしたが、程昱は「劉備を殺すべきです」と断言する。劉備は人から

受けた恩を返す人間ではない、と見たのだ。

兵を与えられた劉備は、程昱の予言通り、牙をむき、独立した。

それを正確に見据えた程昱は、いわば信念の人で、他者と対立することが多かっ

た。程昱は謀叛します、と曹操に告げる者があったが、曹操はそれにとりあわなか

った、と作家は書いている。

程昱は八十歳で死んだ。息子の程武は、父親はなぜあれほど劉備を恐れ、憎んだ

かと自問し、「父上は劉備に似ていた」のだ、と思い当る。ともに奇妙な「無垢の

人」であったというべきか。

次に鍾繇をとりあげる。

曹操にめぐりあい、曹操に認められて名をなすに至った。この人物が興味深いのは、

古代人の雰囲気を身におびていることである。

十七歳のとき族父である鍾瑜に連れられて洛陽にのぼり、この首都を見学する。

その折に「相者」すなわち人相見に観相され、「貴相がある」と予言された。もう

一つ記憶さるべきは、族父に「よく、土を踏んでおくように」と示唆されて、手で

地面を叩いて地の神に祈りをささげたことである。以後、大事な土地に足を踏み入

れたときは、必ず地神にそのことを知らせ、祈ることをおこたらなかった。

鍾繇という名臣もまた、不運の経歴をふみながら最後に

郷里の長社県に戻るといっそうに勉学に励み、「孝廉」という二十万人に一人という人材登用の選挙科目に選ばれた。後漢の高級官僚になる道についたことになる。

しかし官途についた鍾繇に不運が続いた。西方の梟雄ともいうべき董卓が洛陽を支配していたり、董卓の死後も共に進むべき人物に出会わなかった。最後に曹操に拾われて、ようやく官吏としての力を発起し、ついには太傅という上公につく。

その間も地面を叩いて地神に祈りつづけて、鍾繇はいう。「信ずるということは、理屈の外にあり、それゆえにふしぎな力をもっている」と。古代人がそうしたように、地神を信じて八十歳の生涯を閉じた。

曹真を語る章は、名臣列伝中もっとも劇的といってもいい。若くして曹丕の従者となり、魏の武将の中心に居つづけた。

少年時代、父の仇と思いつづけた男に死なれ、思い余ってあたりの草を切りつづける。それを二人の親友にいさめられる場面は心に残るほど美しい。早くに死に別れることになる曹遵と朱讚の友情が、曹真を情義の人として育てたかのよう。曹真は、兵の中でいちばん後に食事をし、いちばん後に眠る武将になるのである。

魏の国王・曹操が建安二十五年（二二〇年）に死去すると、曹丕が跡をつぎ、やがて皇帝となる。そこで後漢時代が終わり、三国時代が始まった。曹丕の死後、曹叡の時代にまで生き残り、私利私欲がない、情の人である曹真は、

大司馬という特別の地位にまでも登りつめた。三国時代の核心を生きた武将だった。

本書の目次の最後に置かれた鄧艾は、さらに時代が下って、曹芳皇帝のもとに生きた将軍である。鄧艾自身はわりあいにゆっくりと、出世の階段を登っていった人である。彼は「済河論」を書き、魏領の新しい屯田と運河開発の必要を説いた。それを読み、実現に踏み切ったのは、政治の中心にいた司馬懿である。そして鄧艾四十五歳のときこの運河は開通した。これは魏の富国強兵を推し進めるのに大きく寄与した策となり、鄧艾の力が認められる契機にもなった。

軍人として鄧艾の敵となったのは、蜀の将軍である姜維である。策の多い姜維の詐術を鄧艾が見破るエピソードなどは、いかにも三国時代らしい姿を語っているかのようでもある。

曹丕の死後になると、魏のあり方にも変化が大きい。しだいに曹氏の力が衰え、司馬氏が実権を徐々に握っていくのである。五代目の皇帝曹奐の時代、鄧艾は蜀の都である成都を攻めて、ついに蜀を降伏させる。蜀の譙周たちから印綬と書翰を受けとった鄧艾は、蜀を征服したことになる。そして譙周に師事している陳寿が晋の時代になって歴史書『三国志』を書くのだから、時代はまさに煮つまっている。二六五年、魏の司馬炎は皇帝となって晋王朝を建てたのだから、そこで三国時代は実質的に終わっているというべきだろう。

三国時代の中心にいた魏。そこで活躍した名臣たちの姿はじつに多彩で、派手やかでもある。宮城谷氏は、その華やかさを静かで緻密な文章で正確に描き切った。描かれた名臣たちは、生きた姿をあざやかに伝えた後に、ひとりまたひとりと、歴史の中に返ってゆく。

（文芸評論家）

初出

程昱　「オール讀物」二〇一九年七月号

張遼　「オール讀物」二〇一八年九月号

鍾繇　「オール讀物」二〇一九年一月号

賈逵　「オール讀物」二〇一九年十二月号

曹真　「オール讀物」二〇一九年三・四月合併号

蔣済　「オール讀物」二〇二〇年九・十月合併号

鄧艾　「オール讀物」二〇二〇年十二月号

単行本　二〇二一年九月　文藝春秋刊

さんごくしめいしんれつでん　ぎへん
三国志名臣列伝　魏篇　　　　　　　　　　定価はカバーに
　　　　　　　　　　　　　　　　　　　　表示してあります

2024年6月10日　第1刷

著　者　　みやぎたにまさみつ
　　　　　宮城谷昌光

発行者　　大沼貴之

発行所　　株式会社 文藝春秋

東京都千代田区紀尾井町 3-23　〒102-8008
ＴＥＬ　03・3265・1211㈹
文藝春秋ホームページ　http://www.bunshun.co.jp

落丁、乱丁本は、お手数ですが小社製作部宛お送り下さい。送料小社負担でお取替致します。

印刷製本・TOPPAN　　　　　　　　　　　Printed in Japan
　　　　　　　　　　　　　　　ISBN978-4-16-792225-2

宮城谷昌光
天空の舟
小説・伊尹伝（上下）

中国古代王朝という、前人未踏の世界をロマンあふれる勁い文章で語り、広く読書界を震撼させた傑作。夏王朝、一介の料理人から身をおこした英傑伊尹の物語。

み-19-1
（齋藤愼爾）
（　）内は解説者。品切の節はご容赦下さい。

宮城谷昌光
中国古典の言行録

中国の歴史と文化に造詣の深い作家が、論語、詩経、孟子、老子、易経、韓非子などから人生の指針となる名言名句を選び抜き、平明な文章で詳細な解説をほどこした教養と実用の書。

み-19-7

宮城谷昌光
太公望
（全三冊）

遊牧の民の子として生まれながら、苦難の末に商王朝をほろぼした男・太公望。古代中国史の中で最も謎と伝説に彩られた人物の波瀾の生涯を、雄渾な筆で描きつくした感動の歴史叙事詩。

み-19-9

宮城谷昌光
沙中の回廊
（上下）

中国・春秋時代の晋。没落寸前の家に生まれた士会は武術と知力で名君・重耳に見いだされ、乱世で名を挙げていく。宰相にのぼりつめた天才兵法家の生涯を描いた長篇傑作歴史小説。

み-19-14

宮城谷昌光
管仲
（上下）

春秋時代の思想家・為政者として卓越し、理想の宰相と讃えられた管仲と「管鮑の交わり」として名高い鮑叔の、互いに異なる性格と、ともに手をとり中原を駆けた生涯を描く。
（湯川　豊）

み-19-16

宮城谷昌光
春秋名臣列伝

斉を強国に育てた管仲、初の成文法を創った鄭の子産、呉王を霸者にした伍子胥──無数の国が勃興する時代、国勢の変化と王室の動乱に揉まれつつ、国をたすけた名臣二十人の生涯。

み-19-18

宮城谷昌光
戦国名臣列伝

越王句践に呉を滅ぼさせた范蠡。祖国を失い、燕王に仕えて連合軍を組織した楽毅。人質だった異人を秦の王に育てた呂不韋。合従連衡、権謀術数が渦巻く中、自由な発想に命をかけた十六人。

み-19-19

宮城谷昌光
楚漢名臣列伝

秦の始皇帝の死後、勃興してきた楚の項羽と漢の劉邦。覇を競う彼らに仕え、乱世で活躍した異才・俊才たち。項羽の軍師・范増、前漢の右丞相となった周勃など十人の肖像。

み-19-28

宮城谷昌光
三国志 全十二巻

後漢王朝の衰亡から筆をおこし「演義」ではなく「正史三国志」の世界を再現する大作。曹操、劉備など英雄だけではなく、将、兵、そして庶民に至るまで、激動の時代を生きた群像を描く。

み-19-20

宮城谷昌光
三国志外伝

「三国志」を著したのは、諸葛孔明に罰せられた罪人の息子だった〔陳寿〕。匈奴の妾となった美女の運命は〔蔡琰〕三国時代を生きた、梟雄・学者・女性詩人など十二人の生涯。

み-19-35

宮城谷昌光
三国志読本

「三国志」はじめ、中国歴史小説を書き続けてきた著者が、自らの創作の秘密を語り尽くした一冊。宮部みゆき、白川静、水上勉らとの対談、歴史随想、ブックガイドなど多方面に充実。

み-19-36

宮城谷昌光
三国志名臣列伝 後漢篇

怜悧な頭より「孝心」が尊ばれた後漢時代。王朝末期、外戚と宦官に権力が集中し人民は疲弊、やがて「黄巾の乱」が起きる。国家の危機に輩出した名臣・名将七人の列伝。

み-19-45

宮城谷昌光
華栄の丘

詐術とは無縁のままに生き抜いた小国・宋の名宰相・華元。大国・晋と楚の和睦を実現させた男の奇蹟の生涯をさわやかに描く中国古代王朝譚。司馬遼太郎賞受賞作。
（和田　宏・清原康正）

み-19-34

宮城谷昌光
沈黙の王

中国で初めて文字を創造した商（殷）の武丁の半生を描いた表題作に加え、「地中の火」「妖異記」「豊饒の門」「鳳凰の冠」の全五篇を収録。みずみずしい傑作集。
（湯川　豊）

み-19-37

宮城谷昌光
王家の風日

紂王のもと滅亡に向け傾きゆく商王朝を支え続けた宰相・箕子。彼と周の文王、太公望らの姿を通し、古代中国における権力の興亡と、人間の運命を描き切ったデビュー作。
（平尾隆弘）
み-19-39

宮城谷昌光
劉邦（一）

地方官吏・劉邦は、始皇帝陵建設の夫役に向う途上、職をなげうち山に籠る。陳勝・呉広が叛乱を起こし、戦雲が世を覆う中、秦の圧政打倒のため挙兵を決意するデビュー作。毎日芸術賞受賞。
み-19-40

宮城谷昌光
劉邦（二）

挙兵した劉邦は、沛公と称され、民衆の支持を得る。人事の天才である彼の許には、稀代の軍師張良はじめ名臣たちが続々と集結する。やがて劉邦たちの前に、項梁と項羽が現れる。
み-19-41

宮城谷昌光
劉邦（三）

項羽と協力して秦と戦った劉邦は、項羽の勇猛さと狷介な人間性を知る。楚王より関中平定の命を受けた劉邦は、ついに秦を降伏させる。そして鴻門の地で再び項羽と相見えるのだった。
み-19-42

宮城谷昌光
劉邦（四）

項羽により荒蕪の地、漢中の王に封じられた劉邦は、韓信を新たな臣下に得て、楚軍との間で激しい戦いを繰り返す。劉邦は幾度も窮地をはねのけ、ついに漢王朝を樹立する。
（湯川　豊）
み-19-43

宮城谷昌光
孟夏の太陽

中国春秋時代の大国・晋の重臣、趙一族。太陽の如く苛烈な趙盾に始まるその盛衰を、透徹した視点をもって描いた初期の傑作の新装版。一国の指導者に必要な徳とは。
（平尾隆弘）
み-19-44

宮城谷昌光
長城のかげ

「王になりたいのさ」。小家の青年・劉邦が垓下の戦いで項羽を下し、漢王朝を興すまでを、彼の影で各々いのちを燃やした男たちの視点で描く、長篇のような味わいの連作短篇集。
（湯川　豊）
み-19-46

（　）内は解説者。品切の節はご容赦下さい。

伊東　潤

潮待ちの宿

時は幕末から明治、備中の港町・笠岡の宿に九歳から奉公する志鶴。薄幸な少女は、苦労人の美しいおかみに見守られ逞しく成長する。歴史小説の名手、初の人情話連作集。

（内田俊明）

い-100-6

宇江佐真理

幻の声

髪結い伊三次捕物余話

町方同心の下で働く伊三次は、事件を追って今日も東奔西走。江戸庶民のきめ細かな人間関係を描き、現代を感じさせる珠玉の五話。選考委員絶賛のオール讀物新人賞受賞作。

（常盤新平）

う-11-1

宇江佐真理

余寒の雪

女剣士として身を立てることを夢見る知佐は、江戸で何かを見つけることができるのか。武士から町人まで人情を細やかに描く七篇。中山義秀文学賞受賞の傑作時代小説集。

（中村彰彦）

う-11-4

上田秀人
奏者番陰記録

遠謀

奏者番に取り立てられた水野備後守はさらなる出世を目指し、松平伊豆守に服従する。そんな折、由井正雪の乱が起こり、備後守はその裏にある驚くべき陰謀に巻き込まれていく。

う-34-1

上田秀人

本意に非ず

明智光秀、松永久秀、伊達政宗、長谷川平蔵、勝海舟。歴史の流れの中で、理想や志と裏腹な決意をせねばならなかった男たちの無念と後悔を描く傑作歴史小説集。

（坂井希久子）

う-34-2

沖方　丁

剣樹抄

父を殺され天涯孤独の了助は、若き水戸光國と出会う。異能の子どもたちを集めた幕府の隠密組織に加わり、江戸に火を放つ闇の組織を追う！　傑作時代エンターテインメント。

（佐野元彦）

う-36-2

海老沢泰久

無用庵隠居修行

出世に汲々とする武士たちに嫌気が差した直参旗本・日向半兵衛は「無用庵」で隠居暮らしを始めるが、彼の腕を見込んだ、難事件が次々と持ち込まれる。涙と笑いありの痛快時代小説。

え-4-15

逢坂　剛・中　一弥　画

平蔵の首

深編笠を深くかぶり決して正体を見せぬ平蔵。その豪腕におののきながらも不逞に暗躍する盗賊たち。まったく新しくハードボイルドに蘇った長谷川平蔵もの六編。
（対談・佐々木　譲）
お-13-16

逢坂　剛・中　一弥　画

平蔵狩り

父だという「本所のへいぞう」を探すために、京から下ってきた女絵師。この女は平蔵の娘なのか。ハードボイルドの調べで描く、新たなる鬼平の貌。吉川英治文学賞受賞。
（対談・諸田玲子）
お-13-17

乙川優三郎

生きる

亡き藩主への忠誠を示す「追腹」を禁じられ、白眼視されながら生き続ける初老の武士。懊悩の果てに得る人間の強さを格調高く描いた感動の直木賞受賞作など、全三篇を収録。
（縄田一男）
お-27-2

奥山景布子

葵の残葉

尾張徳川の分家筋・高須に生まれた四兄弟はやがて尾張、一橋、会津、桑名を継いで維新と佐幕で対立する。歴史と家族の情が絡み合うもうひとつの幕末維新の物語。
（内藤麻里子）
お-63-2

奥山景布子
音四郎稽古屋手控

音わざ吹き寄せ

元吉原に住む役者上がりの音四郎と妹お久。町衆に長唄を教えているが、怪我がもとで舞台を去った兄の事情を妹はまだ知らない。その上兄には人に明かせない秘密が……。
（吉崎典子）
お-63-3

大島真寿美

渦

妹背山婦女庭訓　魂結び

浄瑠璃作者・近松半二の生涯に、虚と実が混ざりあい物語が生まれる様を、圧倒的熱量と義太夫の如き心地よい大阪弁で描く。史上初の直木賞＆高校生直木賞W受賞作！
（豊竹呂太夫）
お-73-2

岡本さとる

仕立屋お竜

極道な夫に翻弄されていたか弱き女は、武芸の師匠と出会ったことで、過去を捨て裏の仕事を請け負う「地獄への案内人」となった。女の敵は放っちゃおけない、痛快時代小説の開幕！
お-81-1

（　）内は解説者。品切の節はご容赦下さい。

岡本さとる
悲愁の花
仕立屋お竜

「地獄への案内人」となったお竜と井出勝之助。その元締めである文左衛門には、忘れられない遊女との死別があった。あることをきっかけに、お竜はその過去と向き合うことになり……。

お-81-2

岡本さとる
名残の袖
仕立屋お竜

加島屋に縫子として通うことになったお竜。店の女主人は亡くなっており、主人と息子・彦太郎が残されていた。懐いてくる彦太郎に母性をくすぐられるお竜だが運命は無惨にも……。

お-81-3

海音寺潮五郎
天と地と
（全三冊）

戦国史上最も戦巧者であり、いまなお語り継がれる武将・上杉謙信。遠国の越後でなければ天下を取ったといわれた男の半生と、宿敵・武田信玄との数度に亘る川中島の合戦を活写する。

か-2-43

加藤　廣
信長の棺
（上下）

消えた信長の遺骸、秀吉の中国大返し、桶狭間山の秘策──丹波を訪れた太田牛一は、阿弥陀寺、本能寺、丹波を結ぶ"闇の真相"を知る。傑作長篇歴史ミステリー。
（縄田一男）

か-39-1

風野真知雄
耳袋秘帖
眠れない凶四郎（一）

妻が池の端の出合い茶屋で何者かに惨殺された。その現場に立ち会って以来南町奉行所の同心・土久呂凶四郎は不眠症に。見かねた奉行の根岸は彼を夜専門の定町回りに任命。江戸の闇を探る！

か-46-38

風野真知雄
耳袋秘帖
南町奉行と大凶寺

深川にある題経寺は正月におみくじを引いたら大凶ばかり、檀家は落ち目になり、墓をつくれば死人が化けて出る。近所の商人から相談された根岸も、さほどの事とは思わなかったのだが。

か-46-43

門井慶喜
ゆけ、おりょう

「世話のやける弟」のような男、坂本龍馬と結婚したおりょうは、酒を浴びるほど飲み、勝海舟と舌戦し、夫と共に軍艦に乗り長崎へ馬関へ！　自立した魂が輝く傑作長編。
（小日向えり）

か-48-7

文春文庫　最新刊

三国志名臣列伝　魏篇
魏の始祖・曹操の期待に応え国づくりを支えた名将たち
宮城谷昌光

笑うマトリョーシカ
若き総理候補は操り人形か？　心の闇に迫るミステリー
早見和真

剣樹抄　インヘルノの章
再び江戸が火の渦に。　傑作時代エンタメ圧巻の完結
冲方丁

海神の子
[国性爺合戦]の主人公を描く、血沸き肉躍る傑作長編
川越宗一

枝豆とたずね人　ゆうれい居酒屋5
新聞の「尋ね人」の欄に秘められた男女の機微など五篇
山口恵以子

戸惑いの捜査線　警察小説アンソロジー
今を時めく警察小説の書き手が紡ぐ　傑作短篇集第2弾
大山誠一郎　佐々木譲　乃南アサ
長岡弘樹　松嶋智左　楠木理宇　今野敏

祓い師笹目とウツログサ
人の目には見えないウツログサ。　憑かれる人々と祓う男
ほしおさなえ

夜叉の都
鬼と化して幕府を守り抜いた北条政子を描いた歴史巨編
伊東潤

武士の流儀（十）
清兵衛は脅迫状に怯えるお仙の用心棒をする羽目になり…
稲葉稔

地上の星
「島原の乱」開戦前夜の天草に語り継がれた物語を描く
村木嵐

凍る草原に絵は溶ける
異変に襲われた遊牧民と芸術家を描く松本清張賞受賞作
天城光琴

峠しぐれ
どんな困り事も峠の茶屋の夫婦が解決！　痛快時代小説
葉室麟

鎌倉署・小笠原亜澄の事件簿
古い、映画に隠された秘密に、凸凹幼馴染コンビが挑む！
鳴神響一

暁からすの嫁さがし　二
妖魔退治を共にしてきた当真を探すべく奈緒は動き出す
雨咲はな

精選女性随筆集　中里恒子　野上彌生子
一人暮らしを慈しむ女性小説家達の滋味溢れる身辺の記
小池真理子選

死者は嘘をつかない
死者が見えてしまう「ぼく」の成長を描く青春×ホラー
スティーヴン・キング
土屋晃訳

戦史の証言者たち　〈学藝ライブラリー〉
数多の証言者たちを訪ね聞き描いた、太平洋戦争の真実
吉村昭

竹筑の雪